万鸟归巢

何建明 著

江苏凤凰文艺出版社

图书在版编目（CIP）数据

万鸟归巢 / 何建明著 . -- 南京：江苏凤凰文艺出版社 , 2022.5
ISBN 978-7-5594-6432-3

Ⅰ . ①万… Ⅱ . ①何… Ⅲ . ①报告文学 – 中国 – 当代 Ⅳ . ① I25

中国版本图书馆 CIP 数据核字 (2021) 第 253827 号

万鸟归巢

何建明 著

出 版 人	张在健
策 划	张在健
统 筹	张 黎
责任编辑	傅一岑 姜业雨
装帧设计	郭 凡 叶 春
责任印制	刘 巍
出版发行	江苏凤凰文艺出版社
	南京市中央路 165 号，邮编：210009
网 址	http://www.jswenyi.com
印 刷	苏州市越洋印刷有限公司
开 本	718 毫米 ×1000 毫米 1/16
印 张	19
字 数	196 千字
版 次	2022 年 5 月第 1 版
印 次	2022 年 5 月第 1 次印刷
书 号	978-7-5594-6432-3
定 价	65.00 元

江苏凤凰文艺版图书凡印刷、装订错误，可向出版社调换，联系电话 025-83280257

目录

第一章　金鸡湖上的"苏州鸟"　　1
　1. 飞来的第一只"布谷鸟"　　16
　2. 那片云霞里闪耀着"王者"光芒　　34
　3. 他飞得很高、很远　　47

第二章　丝丝如锦绣　　67
　4. 鹰来了，其眼炯炯有光　　70
　5. 湖边有艘"纳米航母"　　91
　6. 一不小心把自己打造成了"机器人"　　112

第三章　"芯"归姑苏　　129
　7. 双手捧心而来　　133
　8. 若水清文　　144
　9. 听涛者的心思　　153

第四章　药谷与药神们　　165

    10. 自入"仙境"的大成者　　168

    11. "福地"上一个大写的人　　189

    12. 那些并不浪漫的人干出了浪漫的事　　210

第五章　"你好，金鸡湖"　　229

    13. 生根的超级马拉松　　239

    14. 田园上的放飞　　256

    15. 湖上芭蕾　　280

苏州金鸡湖

第一章

金鸡湖上的"苏州鸟"

"天堂"姑苏大地上的苏州工业园区,伴随中国改革开放的浪潮诞生。从一开始,它就心无旁骛地朝着"世界一流"的目标进发。

何谓"世界一流"?首先是人才的一流。

何谓"世界一流"的人才?他们应该是在世界一流领域学习和工作的科学家、学者,或者是已经具有企业和产业经营经验的实业家,等等。

远方的赤子,顺应心中的使命和家国的呼唤,飞回代表中国经济和产业前沿水平的金鸡湖畔。

海外的游子,心怀"国之大者",纷纷归巢筑业,在这片崭新的"人间天堂",谱写全新的"中国式现代化诗篇"。

现在的苏州，如果你不去东隅的工业园区，等于是枉到一次人间天堂。因为"小桥流水"是往日姑苏的代表，而今天的苏州，其美已经不再仅是老城的石桥、水河与玲珑别致的园林了，更有林荫与湖泊之间拥有万千气象与生机的工业园区。听起来，这里是"工业"之地，可你根本看不到任何高耸的烟囱，听不到隆隆的马达声……你所见到的是鲜花簇拥的宽阔道路、恬静安宁的园林和飞鸟欢鸣的绿林与湿地，以及精美各异的亭楼和错落有致的住宅……还有无边无际的绿坪与波光潋滟的湖面。

比起老苏州狭窄的弄堂马路、溜滑的石桥和烟雨中夹着蒸糕与炒菜的烟火气，现在的园区苏州可以说是别具匠心。

园区的美是带着生机和活力的，是现代化和国际化的，是青春与朝气的，是蓬勃与宽阔的，是向上与入诗的，是容易让人瞬间陶醉的那种恬美，充满了温情与浪漫。

听过无数来自西方发达国家或从那边归来的人们这样说：苏州工业园区的环境和感觉，与欧洲和美国、新西兰等地没有多少差异，而且更美、更现代。

事实上就是如此。几乎没有不爱园区的人，几乎所有置身此处的人都愿意留下，留在这片如诗如画的地方……因为，这里有一片代表着新苏州气息的湖，它的名字叫"金鸡湖"，它的实际面积比杭州西湖大得多，名字也格外美丽动人。在我看来，南边与其相连的独墅湖，应该与金鸡湖"合二为一"，那么它的总面积就是杭州西湖的三四倍大。

西湖当然不缺其美之水、其美之岸、其美之柳，美丽西湖的存在装点了杭州的美貌，西湖何其有幸还得到了文豪苏东坡和白居易的垂怜，他们的"念叨"让"西子湖"的美名世代传扬。可惜的是，逍遥名流苏氏、白氏当年或许只知晓姑苏的小桥流水，而忽略了那片静美的金鸡湖，否则他们的千古名句如"淡妆浓抹总相宜""绿杨阴里白沙堤"也许不会仅仅馈赠于当时名不见经传的西湖。

金鸡湖是与众不同的。它从一开始就有一个美丽的名字，并且带着一个美丽的传说问世。苏州城郊的人们在很小的时候，就知道关于它的传说：

很久以前，有一艘满载稻谷的小船在湖面滑行，一只全身闪光的金鸡忽然之间从天而降，落停在船上。那金鸡跳到稻谷堆上，开始啄谷。渔夫猜测金鸡一定饥饿至极，便好心捧起大把大把的谷米喂给金鸡。吃饱了的金鸡，顷刻张开翅膀向高空飞去，在离开湖面时，它突然撒下漫天的种子……后来，这片湖中长出了一种苏州人从未见过的植物——芡实。芡实在苏州当地又称"鸡头米"，有着"水中人参"之称，食、药两用。旧时，它是姑苏城里有钱人家筵席上的美味珍馐。父辈告诉我们，家乡人为了感恩金鸡，所以将这片水域称为"金鸡湖"……

然而，在我们童年的记忆里，这片与苏州古城一步之遥的金鸡湖畔的土地，千百年来其命运却与号称"人间天堂"的姑苏恍若两重天：一者小桥琴声，流光溢彩，富足有余；一者田野纵横，血吸虫横行，百姓生活贫困……小时候，我们的母亲绝不许孩童单独在湖边游玩，只有到了冬季，待到湖底见天的"农田水利建设"

现场，方让我们与小伙伴下去捕鱼捉虾。

能亲睹湖面的天空突然飞出一只会撒金种子的雄鸡，是我们童年的梦想。

"金鸡"何时报晓？这声报晓鸣啼一直等到了20世纪90年代一位伟人——中国改革开放的总设计师邓小平——一番深情而深刻的南方谈话之后，聪明的苏州人一下子进入了"觉醒年代"，他们与新加坡开始了前所未有的合作。于是，这片昔日"金鸡独鸣"的湖畔展开了一幅改变姑苏格局、影响江南大地的全新画卷，它甚至在中华民族伟大复兴的历史进程中，带来了一种可供借鉴的建设模式和发展潮流。

伟人的动议和中新两国互动的历史共同构成了这幅气韵磅礴的画卷，在此必须作一简略的翻卷，因为它是"金鸡"啼鸣的历史时刻。而这，也与两位如今人们公认的苏州工业园区的"开拓者"联系在一起：一位是探索"昆山之路"的元勋人物吴克铨，另一

苏州工业园区

位则是时任苏州市市长章新胜，以及他们的团队。

　　章新胜到苏州是在 1990 年。这一年世界上发生了一件大事：中东海湾战争爆发，萨达姆指挥的伊拉克军队借口举兵入侵邻国科威特，美国的老布什立即命令美军进行了一场摧毁伊拉克军队的"沙漠风暴"，曾猖狂一时的伊拉克军队不堪一击，溃败在布什手里。

　　这一仗，对许多国家而言是巨大的震撼。其中，有一个国家的领导人怀有特别的危机感，他就是当时的新加坡内阁资政李光耀。

　　作为新加坡国父式的人物，李光耀对自己国家的那种危机感，使他在那段日子里有些坐立不安。李光耀对治国有着独特的眼光，他认为新加坡经济虽然已经发展到较高水平，但毕竟是弹丸之地，在抵御外部风险时会受到很大限制。面对复杂的国际和周边环境，李光耀认为，新加坡必须寻找新的出路，以求立于不败之地。而增强国力的唯一办法，就是内外并举地发展经济，即在国内大力发展经济的同时，还必须走出国门，力求与可靠而友好的大国进行经济联合，从而使新加坡走出一条与大国建立战略合作和将本国事业向外拓展的全新道路。

　　也就在这个时候，"东方醒狮"中国正在掀起一场更大的改革开放浪潮。邓小平南方谈话的内容也传到了李光耀的耳中。这位带兵出身、内具东方文化传统的新加坡领袖，从邓小平的南方谈话中得到了巨大鼓舞——讲话中提到，"新加坡的社会秩序算是好的，他们管得严，我们应当借鉴他们的经验。"

南方谈话之后,中国掀起了一阵到新加坡考察"取经"的热潮。

"不如我们去给中国建个新加坡模式。这样一则可以回报邓公对我们新加坡的褒扬,二则可以寻得一个与我们文化同源的大国的保护!"李光耀找来同僚密商此事。

"资政建议甚是,我们动身去中国吧!"同僚们纷纷赞同。

于是,在 1992 年 9 月,李光耀带领新加坡副总理王鼎昌等重要官员来到中国,名为访问,实则寻求合作地。他们从中国的南方一直走到北方,又走访了山东、上海等沿海地区。

李光耀一路考察,比较之下,他中意的还是上海。因为上海工业基础好,交通方便,人才等各种资源又具优势。然而,合作未能顺利推进。

"要不资政您和王副总理先回国吧,我留下来再看看?"年轻的副总理李显龙对李光耀和王鼎昌说。

"也好,毕竟中国这么大,肯定会有合适的地方,这个任务就交给你了。"李光耀和王鼎昌会意地对视了一下,对李显龙这样说。

就这样,李显龙留在了上海。接下来的时间怎么安排呢?上海已无要事,李显龙的助手建议道:"副总理是不是可以到苏州一趟,那里离上海很近,又是著名的旅游城市,尤其是东方古文化和江南风景都在那里得到了集中的体现。"

"好,就到苏州去。虽然来过几次中国,但苏州的园林我还不曾去过。机会难得!"一身休闲服的李显龙精神抖擞地在房间里做了几个扭腰伸臂的动作。

"什么，李显龙副总理要来苏州！太好了，明天一早我去上海接他！"很快，新加坡副总理第二天要到苏州来的消息，就传到了市长章新胜的耳朵里。正忙着如何落实市委"对内搞活、对外开放"经济方针的章新胜听闻此事，兴奋不已。作为原国家旅游局副局长，他与新加坡的几位高层政要都有过交往，其中也包括李显龙。作为老朋友，他去上海接李显龙并没有什么不妥——章新胜了解新加坡客人，他们非常讲究"适宜"的礼仪，如果事情做得太热情了，反而会产生适得其反的效果。

李显龙此次来苏州是纯粹的私人旅游，怎么接待呢？跟他谈不谈与苏州的经济合作事宜呢？章新胜脑子里盘算着如何迎接新加坡客人的到来。找谁来一起接待客人呢？这很关键，弄得好就可以把新加坡的项目拿到手，弄不好便是水中捞月一场空。

找谁来担此重任？昆山的吴克铨行！章新胜一高兴，抄起电话就往昆山打去，风风火火地跟吴克铨说明情况，约好了第二天一起接待李显龙。

第二天，上身着白衬衣、系红领带，下身穿浅蓝色牛仔裤的李显龙出现在苏州拙政园。新加坡的这位副总理年轻帅气，又非常随和，而另一个重要的细节是，他还能说些中国话。

陪同李显龙的除了章新胜，还有吴克铨。

这一天是5月9日，正是江南春光明媚的日子，天气也不热。中方人员个个西装革履，倒是新加坡客人很随意。李显龙笑着说："你们不要搞得太正式，我是私人旅游来的。"

章新胜说:"李副总理是尊贵的新加坡客人,能到苏州来,是我们的荣幸。"

一旁的吴克铨也道:"李副总理也许不知道,我们苏州老百姓有个传统,如果不把远方来的客人照顾好,就等于你没有把家前宅后打扫干净。我们苏州人对所有的客人都一样,一定是真诚和热情的。"

李显龙听了吴克铨的话,很是感慨:"苏州人的教养早有所闻,果然名不虚传。"

游览途中休息品茶时,章新胜不忘向客人介绍苏州的情况,同时也讲起了对于经济发展的一些设想。

"哎哎,我是来看园林的,怎么谈起经济了?"李显龙警惕地瞪圆了双眼。

章新胜和吴克铨暗暗一惊,两人不由交换了一下目光。章新胜解释道:"谈苏州,难免说经济,因为苏州的经济发展也出现了一些好的景象。我们知道李副总理是经济专家,想请李副总理对我们苏州的经济发展提些宝贵意见或建议。"

李显龙哈哈一笑:"其实也不是不可以谈经济嘛!你们苏州多好的一个地方!"

这一天,一边是新加坡客人有意回避谈经济问题,一边是苏州人寻找机会探察投资意向。双方都是聪明人,聪明人斗智更精彩。

他们彼此心照不宣,却又各自表现出不在乎的样子。

白天游园林、观街景,宾主似乎都很悠闲轻松。晚宴上,李显龙对苏州菜肴大加赞赏，举杯间，先把话题扯到了经济上。

李显龙说："我们新加坡面积小啊，所以寸土寸金。可当初我们也是为了招商，不得不把地卖便宜了……"

章新胜一听这话，立即看向斜对面坐着的吴克铨。吴克铨心领神会，说："副总理，你现在有个机会，可以把当年的损失补回来。"

李显龙不解地盯着吴克铨，说："怎讲？"

有戏。吴克铨知道李显龙在顺着自己的思路走，于是不紧不慢地说："你可以到苏州来呀！我们苏州有地方……"

"哈哈哈……"李显龙顿时开怀大笑，他左右看了看，说，"可惜我的经贸部长没来！"

章新胜明白，新加坡对外商谈经济合作，关键时刻是由经贸部官员出面谈判的。李显龙这话，其实也是一语双关。

看来李显龙对苏州人的意图已心领神会。

临别时，章新胜和吴克铨说道："欢迎李副总理再次到苏州来！"

李显龙笑道："当然。苏州这么好，我肯定会再来的，说不定以后来的次数就很多了。"

"太好了！我们一定使副总理满意。"要的就是这话。

"不过，我也希望你们能到新加坡去。"李显龙临上车时，特别说了一句。

很快，章新胜应邀到新加坡访问。然而，谈判并不那么简单。当时，中国正在全面响应邓小平南方谈话精神，神州大地处处吹着改革开放的强劲东风,到新加坡谈项目的访问团一个又一个,新加坡一时也有些眼花缭乱,不知跟谁进行经济合作为妙。苏州访问团几经"潮起潮落",方把新加坡的上层决策稳定握紧夯实。之后,又立即邀请新加坡方面到中国来最终敲定合作协议,其过程仍然充满奇妙。

1993年5月11日早晨,李光耀和王鼎昌一行与时任江苏省省长陈焕友等在苏州竹辉饭店见面。早餐后,就是正式的会谈。中方除了陈焕友等省领导外,就是苏州的同志了。在这一天会谈之后,苏州市政府和新加坡劳工基金(国际)公司签订了一个合作协议,也就是苏州工业园区的最初合作签约文件。时任苏州市委书记王敏生、市长章新胜等出席签字仪式。中新合作此时早已引起外界关注,尤其是新闻界的记者们等不及了,他们希望在第一时间发布新闻。但就这么大的一个项目而言,虽然李光耀对要投资200亿美元一事说得非常明确而坚定,可毕竟是意向性的事,所以省领导建议新闻界暂时不要报道。

"我同意。"李光耀认为省领导考虑周全。

谁料就在当晚,一则新加坡内阁资政李光耀与江苏省省长陈焕友在苏州签订了一个200亿美元的大项目的消息还是被披露了,并立即在国内外引起震动。

中新合作项目从此公布于世,苏州和新加坡的合作被亮到了世人面前,成败皆在别人的注目之中……

合作金额为200亿美元,是李光耀亲自提出的。这在当时的中国,简直就是"一声巨雷"——1600亿左右人民币的项目啊!

除了三峡工程，几乎没有听说在中国大地上有如此宏大的经济建设项目呵！中新合作竟有如此规模，自然引起国内一片震惊，世界看中国的眼光一时间也高了几层。

1994年2月26日，中国和新加坡正式签订合作协议。园区选定地址，就在苏州东部紧挨昆山的那片地域，以金鸡湖为中心点的8平方公里范围为首期开发地……

苏州工业园区的英文为Suzhou Industrial Park，简称"SIP"，而它最初的名称却是"新加坡软件项目"。"软件"什么意思？当时的苏州人乃至中国人都对新加坡的这一叫法无法理解。最后还是李光耀解释了，他说，这个概念是从1978年11月邓小平第一次访问新加坡时跟他讲的一句话里延伸出来的。邓小平当时夸奖在资本主义市场经济占主导下的新加坡"管理得好"，是"管得来"的那种"严得好"。李光耀十分赞同邓小平的这一

评价，转换为他们新加坡的"国际语言"，就是当时很时尚的词语"软件"。"其实就是管理国家的方法和方式。"李光耀后来用中国人听得明白的话解释了什么是"软件"。

这个洋玩意儿"软件"与苏州的"小桥流水"其实很匹配——"洋"的软件与原本性格里软绵绵的苏州似乎找到了本质上、品质上和情感上的吻合。

苏州工业园区就这样顺着中国改革开放的第二波大浪潮诞生了，它诞生的时候就是按照高质量的"国际标准"运营的，它踏上起点的那一瞬就心无旁骛地朝着"世界一流"的目标进发……

何谓"世界一流"？首先是人才的一流！有了一流的世界级人才，才可能创造出中国一流、世界一流的奇迹来，否则就是徒有虚名。

何谓"世界一流"人才？当然是那些在发达国家的世界一流领域学习和工作的人才！

那他们应该是谁呢？应该是在那里的科学家、学者或已经具有企业和产业经营经验的实业家。

具体点，再具体点……他们应该是什么人呢？

在这一问题上向部属追问最多的是时任园区管委会主任、党工委书记王金华，这位与吴克铨、章新胜并称"园区三杰"的昆山人，曾经与吴克铨一起成功开创了"昆山之路"。他接任苏州工业园区党工委书记和管委会主任时，也是中方正式接手这个中新结合体的管理权（占股权 65%，绝对控股）的那一年，即2001年。

此时的苏州工业园区，正在面临一个独立运营下如何"国际化"的问题——产业自然是最主要和根本的。产业国际化不是简单的有几家外资和世界 500 强企业入园就达到目的了，产业国际化其实是瞄准世界科技产业的最前沿领域，比如生物医药、纳米科技、电子信息技术等，这些产业在当时的中国几乎是空白。比如医药，中国人口最多，用药量肯定居全球第一，但我们除了自产的中药和一些常用药，在全球每年高达数万亿元市场的生物药领域几乎不占任何份额。在 21 世纪初，我国治疗绝症所需求的高端药物全部依赖进口，而且价格高得吓人。

泱泱大国，巍巍华夏，人们绝症发病率高却无药可医，手机普及却无核心芯片一枚，可将卫星送上太空却造不出一台超精密机床……尴尬的状况，尴尬的产业，尴尬的"工业园区"！

苏州工业园区的决策者王金华与他的团队在行使园区管理权的第一天，就面临世界产业的新一轮冲击波：优质外资纷纷从中国撤资，原本作为"世界工厂"的中国，正开始陷入"用工难、成本高"的发展瓶颈之中。

苏州园区怎么办？原先新加坡"软件"留下的优势，渐失魅力，而替代它的中国"软件"似乎尚未出现。之后的道路如何走？这一超级挑战摆在了以王金华为首的苏州工业园区新决策者们的面前。

代表中国经济和产业前沿水平的苏州人，再一次站在金鸡湖畔凝视着远方的天空，翘首盼望那些从湖边"金鸡"蜕变成云间"大鹏"的赤子回到金鸡湖边，归巢筑业，谱写人间诗篇。而这，也正是苏州工业园区在21世纪以来的二十年间所呈现出的历史性的辉煌篇章——

① 飞来的第一只"布谷鸟"

陈文源是我见的第一位"海归"。他是地道的苏州城里人。家在干将路。

"从小，我们就为传说中干将铸剑的故事所着迷：干将是春秋时期的铸剑工匠，受大王命令铸剑，可在三年期限将尽之时仍未将剑铸好。当时有一种说法，铸剑必以人命为祭方可铸得好剑。其妻莫邪得知，竟然跃身跳入丈夫铸剑的火炉之中……干将一声'娘子'的悲嘶后，化悲痛为力量，继续铸剑，最终成就一对雌雄双剑，取名为'干将''莫邪'。铸成雌雄双剑之后的干将心如明镜，他知道宝剑一旦呈送大王，天下必定生灵涂炭，便悄然将雄剑深藏于密林山谷之中。果不其然，大王得到雌剑后，屡获大胜。后得知干将还藏一雄剑，于是派人到处寻找，最后上演了一场场血腥的屠杀。干将不愿将杀人的宝剑献于暴君，故自尽于世……为了纪念干将，后人就将我家门前的那条路叫作'干将路'。"

陈文源说话办事如他的名字一样，具有苏州人特有的性格和气质，有板有眼，细致入微，且讲究缘由，不愧是"干将路"上练就的"工匠"。

苏州一直是中国盛产精英之地，比如苏州籍院士的数量到目前为止一直位居全国第一。苏州的状元在历史上也是最多的，共有 50 位，其中文状元 45 名、武状元 5 名，进士则更多。当代苏州籍院士的数量仍在不断增加，截至 2020 年共有 117 位，这个数字始终位居各地级市之首。与此同时，如今苏州堪称"最多"的另一个数字就是"海归"——从海外留学归来的人现在统称"海归"，也是本书着力描写的群体。至于"海归"人员的数量，几万？十几万？似乎还没有哪个部门能够准确地统计出具体数字，而园区的工作人员则说，在他们这块非常小的地盘上，就有两三万名"海归"哟！

这个数字，足够在一个地方排山倒海，大展宏图！

苏州工业园区占地不足 300 平方公里，2019 年的 GDP 为 2743 亿元。一块"巴掌"大的地方，每天为国家创造的财政收入超过 1 个亿，这不禁令人感叹，中国要是有十个八个这般优秀的"园区"该有多好！

然而，苏州工业园区是中国唯一的，也是世界唯一的。以往人们议论它，讲得最多的是它的"新加坡软件"，或说"新加坡模式"。后来新加坡不再主持管理，在改由苏州自己管理后，园区经济效益竟然比新加坡管理时还往上翻了好几倍。于是，"中国经验""苏州园区经验"成为独立的中国特色社会主义的典范经验。

而在苏州园区，听人们讲得最多的经验就是，他们的"硬核"在于他们拥有数万"海归"。以前并不知"海归"到底有多厉害，了解苏州工业园区的发展和现实境况之后，方知这一群"海归"

掀起的是何等排山倒海之势，而振兴中华又怎可缺了这些爱国的"海归"！苏州工业园区之所以实现了超常发展，靠的其实就是"海归"们的"兴风作浪"——兴民族振兴之风气，作国家强盛之浪潮……

陈文源正是我们所见的第一位"海归"。巧得很，他是一名土生土长的"海归"，依然可以说一口软糯糯的吴语。老实说，在去园区采访"海归"们之前，我们并不太知道"海归"中的"苏州鸟"工作和生活的现状到底什么样，陈文源让我们对此有了第一印象。

"第一印象"异常深刻：他的公司厂区很漂亮，绿荫掩映下有四栋厂房，三栋五层楼，一栋四层楼。据说园区有要求，建筑高度不可超过三十米，所以厂房最高不过五层。这或许是考虑到厂房一般不要超过树木的高度，如此一来，整个园区都掩映在绿荫之中——看来是有道理的，花园城市和花园式工业园区就是这个道理。有意思的是，陈文源的"华兴源创"科技园建筑呈现"四叶草"的样式——四栋相连的楼宇分工不同，各成一体，又相互通达，融为一体，故称四叶草——其根相连，根深叶茂。陈文源说，这是他的"灵感之作"，当初不允许建五栋楼，于是便有了"四叶草"的想法。其实，四叶草是一种植物界的幸运物种，属于稀有变种。在爱尔兰和德国，四叶草甚至被人们视为国家自由、统一、团结与和平的象征。四叶草不仅生命力强盛，而且白天叶子伸张，很是美观，到了夜晚，四叶又紧闭在一起，象征团结一致，抵御外敌；同时，四叶草的适应性特别强，什么样的土壤环境都能

华兴源创

生存。陈文源亲自设计的厂房和公司总部以四叶草为形,隐含深意——平稳发展,好运常在。

"事实上,由于建筑面积受控的缘故,所以我在厂房的房顶上做了这么个花园凉台……"陈文源将我们从他的办公室引到厂房顶层,那是一片生机盎然、鲜花盛开的屋顶花园,足有上千平方米,其中有一个精致的玻璃房,里面的设施应有尽有。

"平时我们接待客人,公司开重要会议,就在这里。"陈文源介绍说,"在这里可以放松神经,愉悦心情,所以处理起复杂问题来,也会变得自然得多。我们苏州人讲究生活情调,我一直认为工作和生活不能分割开来,会生活的人才能干好工作,干好工作主要还是为了更好地生活。侬讲对伐?"

我们愉快地笑了。乡情乡语可以缩短心理的距离，陈文源后来的讲述就变得畅所欲言了。

20世纪90年代初，西方国家曾一度试图封锁中国，许多中国青年在那时感到迷惘，于是出国留学成为一种潮流。陈文源就是这群"出国鸟"的其中一只，考虑到家庭等种种因素，他"飞"到了邻近的日本，学电子专业。

"那个时候，世界的电子信息技术迅速发展，但我们中国还没有真正起步。所以在日本留学的几年，我学的电子专业应该算是当时的前沿学科了。但这不是最重要的，最重要的是我在日本学到了他们的工匠精神。"陈文源说。

日本的工匠精神是什么？有一个数据很能说明问题：在全球寿命超过两百年的企业中，日本拥有3146家，这在世界上是首屈一指的。而中国，虽然有些企业也有着打造"百年老店"的雄心壮志，但真正现存的也就几十家。日本社会非常讲究并重视传承工匠精神，这是他们能够拥有3000多家两百年以上的企业的根本原因。精益求精，把产品做到极致，是很多日本企业的真实写照。而除了日本，全球寿命超过两百年的企业中，德国有837家，荷兰有222家，法国现存196家。

在日本读书时，陈文源经常利用假期到日本各地旅游和开展社会调查。他当然听说过，日本神户有一位名叫冈野信雄的修复旧书的小工匠，这位工匠三十多年来只做一件在他人看来完全"没意思"的事：枯燥无味的旧书修复。然而冈野信雄乐此不疲，并且常常利用自己的功夫，给人们带来一个个惊喜，创造着奇迹：

任何污损严重、破烂不堪的旧书，只要经过他之手，即刻恢复如新，仿佛施了魔法似的神奇。在日本，类似冈野信雄这样的工匠灿若繁星，你只要说得出的行业，都有一批对自己的工作有着近乎神经质般追求的匠人。他们对自己的出品几近苛刻，对自己的手艺充满骄傲甚至自负，对自己所做的事从无厌倦，永远力求尽善尽美，而这又与收获和利益无关。"这是让我最为感动和感慨的。"陈文源说。

"工匠"一词在日语中被称为Takumi，从词义上看它被赋予了更多精神层面的含义。用一生的时间钻研、做好一件事在日本并不鲜见，有些行业还出现了一个家庭十几代人只做一件事的传奇。而这些经典故事，成了陈文源留日几年中烙印在脑海里最多的"知识"——"我把它视为成功的经验"，他说，这比上大学读书更加影响人生。

他还讲到另一个对他影响非凡的故事。说到日本的工匠精神，就不得不提一家只有45人的小公司，"很多世界著名企业都要向这家小公司订购小小的螺母，它就是日本的哈德洛克（Hard Lock）工业株式会社，他们生产的螺母特别牛，号称'永不松动'。"

按照事物的常理而论，螺母松动是极平常的事，不能松动才是不确切的，可哈德洛克的创始人若林克彦，在当年还是一名公司小职员时，就立誓要做"永不松动"的螺母。为了实现这一目标，若林克彦经历了无数次彻夜难眠……突然有一天夜里，他的脑海中蹦出一个奇妙的想法：在螺母中增加一个榫头！结果，他真的成功地做出了"永不松动"的螺母，令世界上最先进的工业国家如德国、法国、美国、瑞士等的科技公司和铁路制造企业都要到他的小公司订货。

"我在日本生活，尤其是在学习了电子信息专业之后，回头再看日本社会的'工匠精神'，受益匪浅。其实'工匠精神'的核心是，做生意、从事科技实业的人，不能只把工作当作赚钱的工具，而是要树立一种对工作执着、对所做的事业和所生产的产品精益求精、精雕细琢的精神，促使整个企业上上下下形成一种共同的文化与思想上的价值观，这样的企业才有内生动力。所以我回国后的最大变化就在于思想和认识上的这种巨变，即把做人高于做生意、做事业之上，因而才有了今天。"陈文源抬起手，指着他的屋顶花园说，"园区的精神实质也处处体现了工匠精神，这是我愿意留在此地的原因之一。就说这花园平台，这是因为我们的厂房原本是按五层设计的，后来因为园区规划的协调统一而只建造了四层，为了能够建设一个花园式工厂，我们便把地面上的绿化搬到了房顶上，这样既使厂区生产面积不受影响，也改善了企业的环境。我很喜欢这样的变化，在寸土寸金的苏州城里，如果要在地面打造一块上千平方米的绿化地是很不容易的，现在我们在这里可以尽情享受美景和舒适的环境，何乐而不为？"

看来，陈文源的骨子里都已渗入了"工匠"意识。

"离开苏州时，工业园区还没有形成，老城又是拥挤破旧的状况……那个时候'走出去'的心态特别重，不想在'螺丝壳里做道场'，想到外面的'大海'里蹚一蹚。我跟当时许多苏州年轻人一样，选择了离得比较近的日本。其实一百多年前中国知识分子第一次觉醒时，所选择的出国地也是日本。"陈文源说对了，参与创建中国共产党的一批知识分子如陈独秀、李大钊，包括鲁迅、郭沫若等文坛大家，都曾赴日本留学，从那里带回了马克思主义和思想文化上的革命意识。近百年后的20世纪末，中国又有许多像陈文源这样的知识青年，为了改变自己的命运，改变国家科技落后的面貌，同样选择了留学日本之路。

撇开历史，日本在另一方面确实有很多值得我们学习的地方，比如社会开放度、科技先进程度、对传统文化的保护，以及民族精神中的严谨、规范，特别是可贵的工匠精神。

"我在日本学习的是电子专业，但真正学到的本领倒并非电子专业方面的技术，而是日本人在电子专业等方面的工匠技术精神。"或许正是因为陈文源"留洋"所磨砺出的脱胎换骨的真知识和为人之道，1999年回国之后，自称"啥都不会"的他，便想到了"从头做起"，自主创业。

"现在许多年轻人还没有学成，就想着以后要做如何伟大的工作或成就一步登天的事业，也许生活中有这样的成功人士，但我的经验是，学校里读的书、学的知识，可能只是现实生活的基础而已，真正成事、成大业的本领恐怕需要另辟蹊径，从点滴本事学起、做好。"陈文源留学时的经历让他体验到了与在"小桥流水"的苏州城里的安逸日子截然不同的另一种生活。他当过快递员，为小区送过报纸，甚至在汽车工厂为卡车门涂胶，"家教和饭店端盘子一类的打工，更不用说。但就是这些经历，让我明白了做一行爱一行、行行需要精细的工作态度。这是我留学几年最深的一点体会。"陈文源说。

留学归国回到故乡苏州，陈文源没料想到的一件事是："家乡变化太大了！简直不敢相信。"

"想一想，1999年、2000年时的苏州是个什么样！到处是全国学习的'昆山之路''张家港精神'，在苏州城区，东有正在进行基础建设的工业园区，西有已经风起云动的高新区，整个苏州一改以往干事左右前后看三分的作风，到处是工地，到处是经验，好像有股力量催逼着你必须往前走！"陈文源留学归来时的苏州工业园区，正投下70亿平整地下设施，广阔无边的施工现场已经露出"新加坡软件"的端倪。"不过当时我们苏州普通百姓确实还不太清楚东边的那一片未来到底是干啥的，或者说到底能干成啥？大家等候着、观望着它的未来。"陈文源的话反映出当时苏州本地人对移植而来的"新加坡模式"仍感陌生。

这个时候的陈文源选择了到深圳闯一闯——几乎与所有创业者相同的想法和实践。但后来陈文源马上纠正了自己的方向，他很快回到苏州，认真地踏上了家门口那片正在热火朝天施工的土地——已经被正式改名为"苏州工业园区"的"新苏州"领地。现在的苏州人，仍然把"小桥流水"的古城称为"老苏州"，而把东边的园区叫作"新苏州"。

新苏州的活力与超前是老苏州人从未见过的：一切都"洋"得多得多——路必须尽量地笔直和宽阔，路两边都是草坪和树木，中间的隔道都得有鲜花篱笆，尤其是那片金鸡湖，美得像天上掉下来的"新细娘""林妹妹"（"细娘"在苏州话中就是"姑娘"

的意思,而《红楼梦》中的林黛玉据说正是苏州人)。

"虽说我喜欢你们苏州精致巧妙的园林,但我更喜欢大气、洋气和具有世界先进国家品质的园区。"一天,陈文源留日时的老师到了一回苏州后,向他的学生直言,"你若不抓住机遇在自己家门口的土地上创业,你将失去这辈子最宝贵的机会。那是块未来最有希望的土地……"

老师的话让陈文源的神经激灵了一下,他立即意识到和明白了一个词语——"春天的布谷鸟"。

小时候跟着大人到过城东的那片农耕之地,即现在的园区,陈文源喜欢聆听春天布谷鸟的啼鸣。"布谷鸟不仅惹人喜爱,而且它发出的声音就像一曲催人奋进的旋律,'布谷、布谷',我听着就觉得它在邀我到园区来创业!"陈文源这回的兴奋来自对欣欣向荣、蒸蒸日上的园区的向往。

从那一刻起,他便仿佛成了一只布谷鸟,飞翔在园区这片热土的上空。

春天是播种的季节,陈文源这一年加入了一家著名的环境试验设备制造企业,这家企业的主要业务是制造显示器,即电视机的液晶屏。"进了人家的生产车间,我太震撼了:那流水生产线上,全部是日本进口的装备与部件,生产的产品在中国市场供不应求……想想近二十年前,我们中国老百姓口袋里刚刚有点钱后,就想买一台二三十寸的液晶平板电视机。那种在家里能够看上图像清晰、颜色逼真的彩色进口电视的感觉,甭说有多开心!"当时的中国人确实没有太多奢望,如果家里有一台进口的二三十寸的平板液晶彩电，就算是提前"小康"了，因为中国自己还生产不出来这样清晰的平板液晶彩电。

"为什么我们就不行嘛！钱都被人家赚走了，我不甘心！"在日本公司就业的日子里，陈文源看透了"资本主义的本质"，也认识到科技对生产力和一个国家经济发展的影响。"我是学电子专业的，我必须要做点事！尤其是在自己家乡的土地上……"

"布谷、布谷！"布谷鸟啼鸣了，清脆而响亮的啼鸣回绕在苏州古城的东方。

播种从何开始？陈文源需要冷静而开阔的思考，这将是决定他创业成败和未来前程的大事。

"既然是播种，就该给自己的祖国和家乡播种最优良的品种！"陈文源看上去文质彬彬，是一个标准的苏州男人，但他也有种不服输的硬骨头精神。

2003年至2005年，他一直在苏州的一家日企工作。这个时候，这家日企与韩国的一家同类企业发生了纠纷。"我想是时候了，我决定自己干！就做他们争得热火朝天的液晶显示器检测。"陈文源果断决定，并且选择了这一领域技术环节的"七寸"。

何谓液晶？它是一种有规则排列的有机化合物，是一种介于固体与液体之间的物质。其特征是当通电时导通，分子排列变得有秩序，光线容易通过。"高质量的液晶，肉眼不容易分辨，所以对液晶平板的检测是个关键技术，当时我国的液晶平板也在生产，但由于检测技术和液晶材料等方面技术没有过关，所以市场一直被日本等技术强国所垄断。我觉得自己应该在液晶检测这一

华兴源创厂区

项高精尖技术上寻求突破,这样才有实现国家在液晶技术方面弯道超车的可能……"陈文源选择了一个世界级高难度的技术项目。

液晶平板本身利用了液晶态分子材料的光电原理的新产物,它的生命存在有赖于检测出它的"恰到好处时",因此电子专业出身的陈文源懂得,这一领域的关键性技术正是液晶检测。"谁掌握了检测液晶平板的质量、触控、光学、信号等关键功能,谁就从基础上控制了平板显示器的市场和质量门槛。"陈文源当时就是这样想的,因为他知道这一产业的内核所在。

心所向,业将至。陈文源的"布谷"啼鸣确定了方向性的选择——液晶平板检测。

技术何来?难题在哪儿?

"当时的LCD,即平板液晶技术,是世界上的顶尖技术,被日立、三星等少数电子产业的巨头垄断着。所以我们想突破封锁，掌握他们的核心技术，不下几番上天揽月的功夫，几乎是不可能的事。况且苏州园区的那些外国公司其实对我们一直防范着，即使只想'打听'点相近的技术类资讯问题，他们也会警惕万分。更何况我的想法是，一定要在LCD领域超越他们的技术，最终有一天替代他们，难度自然更大了！"陈文源回忆当时的情形时，这样说道。

那些把"海归"创业看得简单，认为他们回国创业就能大把大把赚钱的认知，其实都是有偏差的。陈文源虽有日本老师的指导，但他在创业之初与所有白手起家的企业家一样困难重重；尤其是他从事的是高精尖的产业技术，而当时的他"仅有两把枪：电烙铁和螺丝刀"。这绝不是陈文源的夸张，因为所有可能涉及平板液晶检测的核心技术绝不会有人白白送给你，只能靠自己摸索。

"检测电子产品，其实如同检测人体的温度计，它感应那些敏感的电子产品中最灵敏的分子状态，你需要用特别的技术和心神去感知和感应它，你必须调动每一根神经与其液晶物质的分子结构和不断变化的形态进行'交流'，并从中获取它的'性格'，这就像盲人听音乐，完全依靠感知和感觉，然后嫁接到自己的想象与音乐的天赋之中，最后形成自己的乐感……我们的检测技术大概就是这么个玩意儿！"陈文源说得很生动，但对我们这些外行来说，仍然等于在听天书。

物质间的原子、质子、光子、电子，都是基本微粒，它们相互作用、相互影响,从而产生新的物质。捕捉它们之间的微妙变化,同时掌握规律,做出正确的选择与指导,正是陈文源所从事的电子检测业的"绝招"。而要让这样的"绝招"招招管用,倘若没有点胜人一筹的真本事,那些高高在上的电子产品企业肯定连正眼都不会瞧一下,何况是对区区一个新创业团队。

"但我们有优势,有中外两方面的背景与知识。"陈文源独立创业后的日子里,将在日本留学时感悟的工匠精神和苏州本地人"软绵绵"的处世与待人态度结合在一起,很快赢得了客户的好感和认可。

"口碑很重要。"陈文源说,在这一点上他应该感谢日本留学经历中学到的做事原则,"讲究口碑,就是保证了自己的生存源泉。每一单生意、每一次业务,我们都得让对方满意为止,而且是十分满意,九分都不行。"陈文源在创业之初就为自己和企业制定了苛刻的要求和规范,后来证明这是他事业成功的一条最佳法则,有百益而无一害。

"从被别人拒之门外,到整个LCD领域的技术检测市场被'华兴源创'占领,我们总共走了十年。整个旅程中我们并没有抄过任何捷径,都是一步一个脚印走出来的……"那天,陈文源深远的目光穿过露天花园玻璃亭,注视着一片娇艳如火的玫瑰花丛,转眼又深情地远眺郁郁葱葱的园区,紧接着双眸中闪现出一丝泪光。

这一刻,这只从苏州大地上飞起的"布谷鸟"一定触动了心绪,回想起他在创业之初"求千家、走万户"的艰难历程。

"是的，我们今天之所以能在全球的液晶显示产业检测领域独领风骚，是因为一开始就瞄准了世界最强大的企业去做好自己的服务，主动地在他们后面追赶最先进的技术，这个过程花费了整整十年时间。"陈文源补充道，"其实这个追赶时间并不算长，得益于园区这块让我沉心扎根、熟悉温暖的土地，我们执行的就近服务、就近设计、就近制造的战略对'华兴源创'的发展与壮大非常有利。"

"华兴源创"，这名字起得好啊！这个时候，我们不经意地说出了心里默想的话："中华兴业，原创做起，这'源'也一定是取于你名字中的一个字吧？"

"确实，我当时就这么想的，虽然以前不敢这么说，但心里一直有这样的目标。现在，我可以大胆地说出来、说明白了：从我回国后独立开公司，与妻子一起来到园区的那天起，就是想着能够让我们国家也制造出世界一流的液晶显示检测仪器和相关系列产品！这个目标我们现在完全实现了！我由衷地感到骄傲，因为我们中国企业，能够在世界同行面前挺着胸膛走路了！"这位一向低调自谦的苏州人难得这样豪情。

"布谷、布谷！"呵，此时，一群好看的布谷鸟正从我们和陈文源畅谈的房顶上飞过，带着悦耳的啼鸣声向远方飞去。

我看到陈文源格外兴奋地从椅子上站起，昂首目送那熟悉而亲切的"苏州鸟"……

"我特别欣赏陈总的为人和创业精神，所以后来就跟着他创业至今。"说话的人叫朱辰，这位苏州老乡现在是陈文源的副手，来到陈文源的"华兴源创"之前是园区管委会科创中心的工作人员。

"你是怎么从园区的一名行政干部'叛变'到一个企业来了？"这是很有趣的事儿，我们十分好奇地问朱辰。

"不算'叛变'，是彻底'服务到位'！"朱辰笑着解释，他原先的工作是在园区管委会科创中心负责招商业务，也就是帮助和服务像陈文源这样的"海归"人员到园区来创业的。

"我记得陈总的公司是2006年注册的，他可以说是苏州比较早的一批'海归'创业人才。"朱辰介绍，他在园区科创中心时的工作，就是看准一些有前途的"海归"人才，当然也包括国内优秀的创业人才，一旦对方有在苏州园区发展的意向和具体打算之后，就着手帮助他们将项目落地。"园区对所有来落户的创业者都有一个项目讨论机制，即同创业者一起讨论项目的可行性。"朱辰当时就代表园区管委会与陈文源反复讨论他所想做的平板液晶产品。"我们知道他在日本学的是这方面的专业，而且又有一定的海外技术资源，比如他在日本的老师和同学等，加上当时我们国内缺乏平板液晶方面的产业突破，所以他的项目一直受到我们的极大关注，希望他能成功。这样一来二往，大家就成了朋友。他公司有什么问题，要怎么发展，我们无话不谈，经常在一起讨论商榷，并且共同去解决一个个难题。"朱辰说，他对陈文源的了解甚至超过了对自己的了解。

"我是学文科的，他是理工男，在事业和追求上，我很敬佩和羡慕他。另一方面我又是在园区管委会招商部门工作，接触的产业面广，见的人多，对公司下一步如何把握机会进入那些有潜力的新领域，以及如何利用资本市场让公司快速发展，似乎比理工科专业出身的陈总要熟悉些。2016年，我和陈总就有了一个走到一起的机会……"朱辰说的这个机会就是公司启动上市，一旦成功就意味着企业可以利用资本市场加快发展。

"你来我这儿干吧！我需要你这样的好兄弟、好帮手一起创业，一起将国外垄断的平板显示产业夺到我们自己国家手里！"一天，陈文源激动地对朱辰说，目光中充满了真诚的企盼。

"这是我没有想到的，因为那个时候他的资产已经几亿元了，在赶超世界先进技术的道路上正在发力……"朱辰听了陈文源的邀请后，十分激动，"我对他太了解了，他绝对是个务实的人，是地道的苏州老乡，正派的'海归'，有情怀、有追求、有事业心的人。所以我认真思考了一下，同意了他的请求，毅然辞掉了园区的行政工作，'下海'到了他这儿！"

后面的故事就更精彩了。2011年起，智能手机革命开始席卷全球。陈文源的"华兴源创"再次把握机遇，跻身苹果公司的合格供应商，短短数年，公司迎来了前所未有的高速发展。

"到了这个时候，我们的企业在同行中完全进入了领先地位，成为世界LCD显示产业的供应厂家，所以必须进入资本市场运作，也就是公司要上市了。这个时候我需要相关背景的得力人才，朱辰是我所看中的人选，我就征求他的意见。他一听很激动。那个时候他已经三十九岁了，一直在园区管理机关工作，要他'下海'，对他来说不算小事，但他很快答应了。其实，那是我们长期积累的友谊和相互信任的结果。"陈文源对朱辰加入自己的公司，用了一句"如虎添翼"来形容。

朱辰和团队确实不负陈文源的重托，仅用了八十三天时间，就成功将"华兴源创"上市，成为苏州园区首批登陆科创板的公司之一。"通过科创板大考，既是市场对'华兴源创'科创属性的认可，也给了我们一个新的发展起点。打破国外的行业垄断，布局集成电路测试，都需要持续的研发投入，登陆资本市场给了我们最好的助力。"陈文源感慨道。

其实，在陈文源的公司用八十三天成功上市的背后，是他用十五年时间，实现了公司从成立之初的螺丝刀加电烙铁发展成为全球工业自动检测设备与整线系统解决方案的重要提供商，闯出了一条为国争光、争气的"布谷鸟"腾飞之路。

"我们的目标就是要打通平板、可穿戴、半导体、汽车电子检测行业，成为检测领域世界顶级的中国企业，而且要牢牢地站稳在世界顶端的位置上！"儒雅文气的陈文源，骨子里有着大鹏展翅的雄心壮志。而今天，他和他的公司，已经证明了这一点。

"布谷！"

"布谷！"……

又一年春天到来，一群矫健而美丽的布谷鸟盘旋在金鸡湖上空，它们唱着自信与自豪的歌，开始了新一年春天的播种……

② 那片云霞里闪耀着"王者"光芒

说苏州,我们自然都不会忘却这样的诗句:

月落乌啼霜满天,江枫渔火对愁眠。
姑苏城外寒山寺,夜半钟声到客船。

其实除了张继的这首《枫桥夜泊》,白居易的《忆江南》也是我们十分喜欢的:

江南忆,其次忆吴宫。吴酒一杯春竹叶,吴娃双舞醉芙蓉,早晚复相逢。

姑苏之美,可以绘成万里长卷。只可惜李白、苏东坡、白居易等没有机会一睹今日的苏州工业园区,否则不知又有多少"叹苏州"的伟大诗篇会进入中华经典作品之列!

苏州人爱苏州是乡情所至。见了陈文源后,我们很想再见一位苏州人。

"我是苏州人呀!土生土长的苏州人……不信你看身份证!"一见"晶方科技"的王蔚,他就直喊自己是苏州人,而且迅速改口，用一口标准的吴语证明了他是十足的"老苏州"。

身份证就不用看了，他和他的"晶方"大名鼎鼎，在"百度"上搜索一下就全部出来了：

> 王蔚，男，中国国籍，苏州人。1966年2月出生，大学本科。晶方科技董事长……有丰富的通信、电子、PCB等领域的工作经验，非常熟悉EDA、CAM、PCB、PCBA等。2005年至今，创办苏州晶方半导体科技股份有限公司。任苏州市集成电路行业协会理事长。1999年至2004年曾在Camtek Ltd.工作，担任大中国区总经理。

王蔚的晶方半导体科技股份有限公司，致力于研发、生产、制造、封装和测试集成电路产品，销售公司所生产的产品并提供相关服务，2014年在上海证券交易所挂牌上市，2019年营业额达56036万元。

从这些公开资料便可以一眼看出，王蔚和他的"晶方科技"在集成电路——背面硅穿孔的晶圆级芯片尺寸封装领域拥有"王者"地位。

然而，令我们感到意外的是，与文质彬彬的陈文源相比，王蔚看上去太不像苏州人了。可他明明就是一个标准的比陈文源还要多吃了几碗饭的老苏州人，而且他也只是"60后"。

"我老婆骂我说，你整天累得像条狗，能不老吗？"王蔚乐呵呵地"公开"了他"老"的缘故。

哈，他就是个乐观派。

"但我命好！"王蔚说。

他的命确实好，在他身上，有些关键性的好事真的是"推都推不开"。

"别看我是光头，但我从不靠钻营，是个本分的苏州人，是靠运气、靠努力赢得了命好的……"我们没有问王蔚年轻时是否秃顶，现在的他光溜溜的头、矮矮的个头，怎么也看不出像陈文源那样的"苏州人"气质。

王蔚习惯性地摸摸自己的头，还是一个劲儿地说"我命好""我命好"，他说起自己第一次作为"老外"时就"长了中国人的骨气"："1999年至2004年的近五年中，我在以色列的一家大公司中任职，学着他们的经商经验，发挥着我们中国人的诚信与善良，还有我们苏州人的勤奋与细腻，最后我成为这家公司的大中国区'一把手'，可以说干得风生水起……"

这家名为Camtek Ltd.的公司于1987年在以色列注册，在半导体和印刷电路板及IC基板等行业具有权威性技术支持。当20世纪末21世纪初全球半导体产业进入疯狂式增长时，该公司在全世界包括中国的业务也蓬勃增长，王蔚就是在此时成为这家公司大中国区的总经理的。

"我的英语和做生意的本事，就是这个时候跟世界上那些大公司的对手们在吵架和谈判中练出来的。"王蔚如此坦言，又哈哈大笑起来。

"到2001年、2002年时，我的业绩在这家公司已经没有其他人可以超越了，销售额达到了全公司总销售额的 68%。这种情况下，我的雇主觉得压力太大了，感觉已经无法控制我了，所以发生这种状况时，最好的办法就是我离开这家公司，否则就是我当 CEO 了——可这是以色列公司的事，因此结局只能是我主动离职。"说到这儿王蔚皱起了眉头，"其实我之所以辞职内心还有另一个原因……"

"是什么？"

"我感觉当时他们只想赚我们中国市场的钱，但骨子里有时候瞧不起咱中国。"王蔚说。

"所以我想自己出来干，比他们制造的还要强，超越他们！"我们突然发现，王蔚的那颗光秃秃的脑袋瓜十分可爱——"我的头发就是从那个时候开始掉的……"

原来这只"苏州鸟"为了自己和国家的命运开始啼鸣，最初是啼血的鸣叫。

"我的命好，头顶上的那片云霞一直照着我……"王蔚不像其他创业者一说起过去就"往事不堪回首"，相反，他口中总是跳出满是幸福感的"命好"二字。

他似乎确实"命好"：

2005 年的苏州园区还没有一家由中国人主导创立的电子信息产业领域的企业，王蔚是最早一批"吃螃蟹的人"，用他自己的话说，就是"笨鸟先飞者"之一。

"因为我是从以色列人手里买了专利技术授权而逐步进入半导体行业的。"王蔚说，他独立创业后获得的第一桶金，就在于注重知识产权，这也成为帮助他一直获益的重要经验之一。

在苏州园区注册的"晶方科技"，王蔚并不是大股东，"当时美国人、以色列人以及苏州园区国资都是公司的股东，但这个格局对企业后续的发展起着重要作用，因为一开始就建立的现代化的股权机制对公司各方面产生了重要影响。"王蔚说他"命好"，因为 2004 年第一次来到园区"探水"时，就遇到了园区管委会一位专业敬业的领导。

"啥事体嘛？"负责招商的管委会副主任杨建中很热情地问王蔚。

"我有个以色列商人朋友想在中国成立风险投资基金，通过基金运作，把以色列的技术、资金和中国的市场、资金结合起来……"王蔚说。

"太好了！我们现在就缺这，你把他介绍来，我跟他谈谈。"

王蔚带着以色列朋友来到园区，结果与老同事见面后，一拍即合。事情谈成了。

"这是我们国家成立的第一家中外合作非法人制基金，签字仪式在北京人民大会堂举行，规格很高……"王蔚说，虽然后来他没有参加这家投资基金的营运，但这个过程让他学到了不少东西，尤其是了解到资本市场的一些"逻辑"。

"我没有参加那个投资基金的实际工作，却成为该基金的第一个得益人——基金投资引入了以色列 SHELLCASE 公司的实验室技术。"自此，王蔚和他的公司赚钱赚得盆满钵盈。

"大家以前用的手机是没有拍照摄像功能的，而我们的技术一开始就应用于手机拍摄方面，并且让手机拍摄能力快速提升。之后又不断升级，达到了过去传统卡片式数码相机无法达到的摄影艺术效果。这让很多老牌数码相机企业原有的市场全部一边倒地倒向了具有拍摄功能的手机市场……"王蔚说，他在苏州注册的"晶方"一开始就碰到了挡也挡不住的"好命"。

王蔚确实够聪明，他不仅在当时把以色列公司的芯片封装技术移植了过来，而且很快把这种实验室技术实现了量产化，也就是说，让一个先进的科技成果迅速转化成了生产力。王蔚就这样在半导体领域的"封装"环节上一跃而起，一次腾飞就飞到了天上……

他笑了，笑得连声高喊："命好、命好！"

"国际市场就这么怪，你要是穷光蛋，就不会有人理睬你；你如果赚了大钱，所有的资本和有钱人就围着你转，天天问你要不要钱了！好像你不要他的钱你就会成为他的冤家对头……"王蔚认真说道。

"真这样？"

"就是这样。"王蔚说，"尤其是这近一二十年间，手机市场迅猛发展，我们搞手机芯片封测的科技产业公司就成了香饽饽。从2006年开始一直到金融危机的2008年的两三年里，给我'送'钱、要加入我公司股份的大老板不计其数，而且以世界500强企业中的前100强居多！"

"好啊，有钱当然好嘛！有钱我就可以让技术不断提高、提升。于是，我们针对影像传感器的封装技术产品一代一代地迅速

晶方全球领先的12英寸车规晶圆级芯片先进封装量产线——智能车间ETCH线

发展,一代一代地往市场上推,直推到消费者们半夜在商店门口排号买手机,而另一方面传统的相机企业和相关产业链彻底崩溃了……这就是我到园区后创业前几年所经历和看到的情况。"王蔚说,他是这个过程中的赢家,在所执掌的技术层面甚至还是"王者"。

其实,王蔚"命好"的背后自然也少不了惊心动魄的历程:从以色列人手中买来的技术专利并不是一开始就在市场上红火的。"当时手机摄像头技术还刚刚起步,我在买它时,首先调查研究了它是不是全世界独一无二,其次它是不是已经被市场接受,比如有没有重复订单。当时它有一定市场，但极少，在全球市场上的占有率不足 1%。"王蔚说，他看中的就是首创的前沿技术，而且是引领性的先进科技，对于市场他并不担心。经过几年在国际市场上的摸爬滚打，尤其中国又拥有全世界最大的手机消费群体和手机制造基地，王蔚相信，只要把中国市场做好，就可以把全球份额做到 50% 以上！

后来的故事证明他的预测和判断是正确的，当然这也得益于王蔚在商海中的搏击能力。

王蔚现在的企业做得很大，在园区创业者中，他属于 21 世纪初崛起的"经济大鳄"了。从他企业的厂区就知其实力：一片辽阔的绿荫间，有山（堆垒出来的人工小丘）有水（庭院间营造的小桥流水），他把姑苏老城里的美景复制到了他的"王国"内，算是一种新式"乡愁"的表达。"我是苏州人嘛，还是喜欢老姑苏的物事，生意上的'老外'来了，也不用专门到老城区逛游一趟。他们很喜欢这里，所以就花了些钱，建了这么个环境。"别看王蔚外表粗粗拉拉的，其实心还蛮细，而且很会算账。

"我原来是苏州二中的数学教师嗨！"原来如此。

1988 年大学毕业后的王蔚，被分配到苏州二中当数学老师，但他那时就发现，社会上已经有一种让他无法保持内心宁静的现象：搞原子弹的不如卖茶叶蛋的。今天的年青一代可能从没听说过这样的事，然而王蔚大学毕业后当老师时的情况就是如此。更让王蔚很难接受的是，当时学校教师的心态都很浮躁，整天拿着书本，心里却想着外面赚钱的事。"不能全怪老师呀，实在是因为教书上课的待遇太低了。"王蔚说,"待遇低了,老师上课教书的积极性更低了,许多人几乎是做一天和尚撞一天钟。我是从小接受正统教育的人,是生在新中国,长在红旗下的,从小受到的教育是要做一个勤劳勇敢和诚实的人,可在当时的教书岗位上混日子的事我实在干不了,良心上过不去。因此后来就干脆'下海'了……这一'下海'又没了回头路!这不,一直干到现在!"

"你运气好,不仅'下海'没沉下去,而且还是发财后'海归'了!"我们跟王蔚开玩笑道。

"命好!命好!我命好!"王蔚一听,又连说了几个"命好"。

开始王蔚说"命好"时,我们还真以为是他在生意场上总顺风顺水的缘故,后来通过几个细节才知道,原来是他"守"的这块"风水宝地"好。

"有求必应,无事不扰——这八个字是园区给我最深的感受。而且,园区领导一直是以赞许的态度和欣赏的眼光来对待每个创业者、企业家的。"王蔚说道。

"苏州工业园区比其他地方拥有更多软实力之所在,就是平时不会轻易地打扰企业发展和找企业麻烦,能够让企业以及从事科研或经商的人全心全意做自己的事,这是一种充满信任的管理品德。很多地方做不到这一点,总喜欢时不时去企业要求这、要求那,实际是在干扰和影响企业正常的工作……"原来,"服务"也是极有讲究的,并不是所有服务都是企业所需要的。反观很多其他地方的做法,其实并非以企业为中心,而是居高临下地以管理者为中心,故而难免让企业和服务对象反感。

苏州园区的成功，确实是落在了无数"细无声"处，这与苏州人传统的特性有着密切关联。

王蔚在谈到自己创业之初"一步登天"的原因时，仍然不忘念叨园区的优势："我们这些创业者之所以能够在园区这里如鱼得水，是因为这块'人文水土'好，比如产生了中国最早的跨国合作的股权机制，它就是因为我跟以色列人的合作过程中遇到了具体的操作问题，最后是苏州园区帮助跑出来的嘛！"

与新加坡合作的模式之所以引起中国高层的高度重视，就是它的一切机制和政策具有开放性、探索性。据悉，当时中央给予苏州工业园区的政策是，你们认为有利于中新共同体的发展和合作的，就大胆干，中央全力支持，包括政策上的配套。王蔚所说的股权制就是其中一例。

王蔚一直挂在嘴边的"命好"，与其说是他的运气好，倒不如说是他赶上了苏州园区的政策在国家关怀下不断向完善市场经济的方向努力与奋进的结果。当然，市场经济的国际化是一个开放型国家的基本特征。苏州工业园区一直走在了全国的前头，这也是国家所赋予它的任务。

"任何一个园区的创业与开发初期，政策自然很重要，但还得有一颗真正崇商、爱商、帮商的好心肠。"王蔚说到这里有些激动了，他的眼神变得格外认真起来，"我跑遍了世界各地，要找出第二个有苏州园区的服务举措和服务水平的地方，其实不多，这是我为家乡感到无比自豪的。我可以拍着胸脯说：恐怕不会有比苏州园区给做生意的商人、做科学研究的专家所搭建的'窝'

苏州中央公园

更好的了！因为他们除了奉献热情、关切和服务，始终一碗水端平。他们是真心地欣赏你，只要你在这块土地上留下来真心实意地干事业，他们会掏心窝地凝聚实力财力帮助你起步、腾飞……在这样的环境和氛围下，你不去努力，不去拼命干，就觉得过不去！这就是我们的苏州园区！"

王蔚说他自己之所以能走到今天，走得这么成功，是因为"晶方"是一家本分加勤奋的企业，创立十五年来始终务实专注，持

续创新；同时，"晶方"又是一家定位于全球视野，具备整合全球资源能力的企业。当然，也因为"命好"的他赶上了园区这样的好环境、好人文和高水平服务。

"你们千万别以为我是苏州人所以占了特别的便宜，其实一般人包括园区的工作人员，他们并不知道我是苏州人，园区里大家平时不讲苏州本地话的，一律是普通话或英文……所以在这里的创业者都是平等的，园区则像父母一样关照我们。"王蔚指着他美丽如画的厂区说,"大家千万别觉得这块地方原来就是这么美好,过去这里是不会有人敢涉足的,此地原是一家麻风病医院,连当兵的都不敢来的地方呀。现在这么好,就是因为园区发展了,又帮助我们企业发展,我们才能把这片荒芜的土地变美……"

我们采访王蔚的时间是 2020 年 4 月 27 日,当时国内的疫情仍然比较严重,只是趋于缓解,苏州园区是一片净土,不过因为严格执行疫情防控的缘故,他的企业跟其他企业一样,多少受到了一些影响。但王蔚说:"我们第一季度三个月时间里,从来没有停工过,全世界 LP 产业链都快断了,可我们没有断,甚至是比以往更高强度地在生产,可以用'忙得不可开交'来形容。"王蔚说,过去的三个月里,他就是家和厂两点一线地在干活。

"这反而会是企业生产和销售最好的一个年份。"王蔚又说自己"命好"了,"全世界主要工业国家都在暴发疫情,而我们中国基本控制住了,我们在苏州园区更安全,所以我的厂子一天也没有停止过生产。企业创新发展,就是要在外部不确定因素变化增多的环境下,寻找相对的确定性。我们已是细分行业市场的老大,遇到这样的困难年景,我们的优势反而更突出、更放大了,从而成为世界产业链上更重要的环节。"

"鸟儿想要展翅高飞,遇到乌云密布是飞不起来的,只有在有阳光的好天气,鸟儿才能飞起来,飞得很高很高。那个时候飞起来的鸟儿,在云彩的映衬下变得很美、很神气,我就是这样一只苏州本地鸟……"

数学老师出身的王蔚其实很有情调。

③ 他飞得很高、很远

篇章开头的这个故事,是我们采访前几天在上海发生的。这是一次国家高端科技项目专家验收性质的会议。参与会议的是国内信息产业领域的一批著名专家,项目的名称我们可以忽略它——恐怕我们也很难向读者解释得清它究竟是什么——反正它对国家很重要,在世界前沿科技领域属于那种"特别厉害"的项目。

主角自然是从苏州工业园区来的人——一位名叫许从应的科学家,现在他应该多一个身份了——实业家。

许从应与前面的陈文源、王蔚相比,完全是另一类人:见面一说话就是笑声满满,谈到格外高兴之时,那笑声可以洋溢整个房间,感染所有的人。

他说,他现在的心情特别"开心"——"开心"就是"高兴"的意思,但他的"开心"显然与一般的"高兴"有些不同,这种真正的"开心"大概用"心花怒放"来解释更恰当。

采访的过程中,许从应的朗朗笑声从未间断,这证明了他现在对自己的事业、人生特别地满意。"这在美国、在硅谷,是不可能的……"言外之意,只有在中国。他特意指指窗外那片郁郁葱葱、生机勃勃的土地,说:"这是块福地。"他说的就是苏州工业园区。

也许是2021年6月28日上海那场科技成果"听审会"的结果让许从应太过兴奋的缘故，在跟我们交流时，他仍然沉浸在掩不住喜悦的"开心"之中。

这次具有"历史意义"的会议，由中国高科技与创新战略计划半导体专业八十八岁的老专家马俊如主持，其余人员皆是清一色的中国集成电路和科技领域的权威人士。可以看出，会议规格非同一般。

"这样的评审会我主持过无数次，而这是有数的几次让我激动得老泪纵横的会议之一……"会上，负责主持的老专家哽咽了。

而在现场，还有好几位专家也跟着掉了眼泪。

"这是个了不起的成就啊！我们搞了三十多年，国家如此紧缺，这东西现在总算有人成功搞出来了！我是激动和感慨的呀！它太不容易了……成功得恰逢其时！"老专家说完，向参会的主角、项目总负责人、苏州园区来的许从应教授深深地瞥了一眼，又再也忍不住内心的激动，突然间再次泪流满面……

开心，是开心的。老专家仍抖动着双肩，一时难以平复心情……许久，他才平静下来，不好意思地向到场专家表示歉意，并解释了他激动的缘由——

"中国不容易啊！我们年轻的时候，因为国家弱，西方封锁我们，我们只能勒紧裤腰带，用算盘珠去搞原子弹；现在我们能够吃饱饭了，口袋也鼓起来了，也有些本事了，但仍然有些国家不让我们发展，不让我们搞出些名堂，不让我们超越他们，使尽了很多很多坏招来阻止我们……苏州的许从应他们就是在这种情况和条件下搞成功了！搞成功了我们几十年一直没有搞成功的事！所以我今天特别开心，上海人讲，开心得海海外外……就是豁边的意思，满心满心的高兴和喜悦啊！"

老专家有些滔滔不绝。而在场的每一位专家都跟着他一起激动和兴奋起来，他们都忍不住窃窃私语，后来干脆大声嚷嚷了：

"祝贺祝贺！太值得祝贺与庆祝了！"

他们纷纷向许从应表示祝贺。

那天与会的专家很多，有些许从应熟悉，多数则并不熟悉，但为他的项目成功而热泪横流的老专家是他非常熟悉和尊敬的人——马俊如，江苏人，中华人民共和国成立后第一批考入复旦大学物理系的高才生，后转入北京大学。七年后，大学毕业的马俊如被分配到中国科学院半导体研究所，从事晶体管和集成电路、超微细加工的研究，成为新中国一代优秀半导体专家。改革开放之初，马俊如到美国国家亚微米研究中心和康奈尔大学电机系进修与工作，回国后成为国家基础科技工作的制定者和负责人，是中国"863计划"的专家顾问组常务副组长。

马俊如曾担任国家外国专家局局长多年。"人才是国家发展的根本。没有优秀的人才、杰出的人才和世界一流的人才，中国就不可能成为世界强国。"这是马俊如在岗时经常讲的一句话。离开政府岗位之后，他专注于国家科学技术发展战略研究和国家科技创新研究，是国家重大基础研究规划专家顾问组顾问。

马老——同事和科技界的同行都喜欢这样称呼他——之后将更多精力放在关注和培养中国新一代的创新人才和创新成果上。

他的话语里也多了这样的内容："一个国家，假如没有创新氛围和创新成果，所谓的最杰出人才也不那么杰出了，再庞大的经济体量也不能算强国……"

我们曾经在2013年金秋时节，有幸听过这位为国赤心忠诚的老专家在共青团中央做的一场题为《圆梦与创新》的精彩演讲。他认为，突破瓶颈已成为中国发展的当务之急，"……2010年，中国GDP达到6.04万亿美元，超过日本，成为仅次于美国的世界第二大经济体，当年中国220种工业品的产量位居世界前二名。然而从历史上看，许多经济体都可达到中等收入状况，往往速度相当快，但要通过这阶段不容易，几乎没有哪个经济体能顺利驾驭伴随中等收入陷阱出现的复杂技术、社会和政治挑战。走创新引领发展的道路是正确的选择。"

那天，我们清楚地听到，马老讲到此处话锋一转，说："其实我国经济发展面临着严峻的问题，主要有二：一是能源、资源消耗巨大，并带来了环境污染和生态破坏；二是就业者创造价值偏低。据统计，在能源消耗上，美国GDP所占世界份额比我们高近三倍，消耗的煤炭却不到我们的二分之一，消耗的石油是我们的两倍；日本同我国经济规模相当，消耗的石油只有我们的一半。比较就业者人均创造的GDP，俄罗斯、日本与美国分别是我国的四倍、十三倍与十六倍。"

路在何方？当时现场的听众都在等待马老给予回答。马老胸有成竹地说："看看别人怎么走过来的，我们就知道怎么干了。而创新无疑将成为突破瓶颈的动力所在！

"创新，人人都在讲创新，到底怎样才能算创新？国家的创造方向在哪儿，个人的创新又在哪里？这是青年们和许多行业人士都关心的。

"它并不神秘，对科学家来说是这样，是家常便饭；对普通人而言，也是家常便饭。只是我们国家需要一种创新的环境和机制，给所有人，特别是给年轻人、科学家一个良好的创新环境，这十分重要。至于创新到底神秘不神秘，我可以给大家讲几个发生在美国的例子……"

于是，马老娓娓道来：

"1935年，在美国南部靠近墨西哥的城市，有一个叫乔治·克拉姆的厨师，他做的土豆远近有名。一天，几个年轻人前去吃了土豆片提意见说太厚，不好吃。厨师听了暴跳如雷，十分生气。但作为当地的名厨，他还是叫服务员告诉几个年轻人，他会换种方式做。于是他将土豆片切得很薄再进行煎炸，年轻人吃后赞不绝口。他自己尝了，也觉得不错，后来这种薄土豆片便流传开来。如果厨师不在意这些年轻人的意见，可能就错过这个创意了。

"1903年，法国人彭奈迪脱斯在实验室做实验，发现一个玻璃杯掉到地上没有碎，只是出现了一些裂痕。他很好奇，于是又将一个洗干净的玻璃杯再摔一次，这个新玻璃杯碎了。两个杯子的情况为何如此不同呢？原因是前一个杯子的内表面结有一层坚韧透明的薄膜。由此获得启示，他发明了在双层玻璃中间夹一层膜的安全玻璃……

"这就是创新。创新往往与社会共识成反比。所以不断学习，提高自身素质，至关重要。创新者需要志气、勇气和灵气，还需要耐心和耐力，意志和信心，以及对祖国的一颗赤诚之心。"

马俊如老先生那天的演讲在团中央的网络平台上直播后，引起巨大的社会反响。

"了得！了得！老哥的每次演讲总让我振聋发聩！"那天，

马老与江苏老朋友、"南大光电"的孙祥祯教授在苏州见面,两位在中国光电领域驰骋风云的"老哥俩"又一次密切交谈。马老比孙教授大两岁,当年一个是北大的高才生,一个是南大的高才生,一个学物理,一个搞化学。

"物理解决物质机能原理,化学研究物质变化,我们是谁也离不开谁的好哥俩!"马俊如在任国家外国专家局局长时就关注到时任南大教授的孙祥祯,那时马俊如听说孙祥祯在主持国家"863计划"中高纯度金属有机化合物(简称"MO源")任务之后,有意"下海"独立出来研发国家紧缺的一种金属电光材料,非常兴奋,鼓励孙祥祯"老有所为,干个痛快"。

"有你老哥这话,我就豁出这条老命了!"在这之后,孙教授于2002年正式从南京大学退休,拿了国家五万元,却肩负起国家交给他的千斤重担,独自来到苏州工业园区,全职担任江苏南大光电材料股份有限公司技术总监、总经理和董事长。那一年他六十六岁。

"MO源"是什么?许从应告诉我们,那是用于集成电路芯片的原材料中最重要的材料之一，属于稀贵金属，它的纯度超过99.9999%，可见其纯度之高。这项成果使孙教授成为国家光电领域材料方面屈指可数的专家，而为了研发"MO源"材料，孙祥祯整整用了十五年时间。

"十五年啊，我老师从年富力强的南大教授，到两鬓斑白的老先生……他就这么走过来的。"许从应出国前在南大读书，是孙祥祯的学生，他知晓和了解孙教授研发"MO源"的全过程，所以后来到美国留学仍然从事更前沿的光电材料研究。一心想摆脱国外在光电技术高精尖方面对中国的垄断和封锁的孙教授，对许从应格外关注和看重。

"回来干吧！国家太需要你这样的人才了……而且苏州又这么好。苏州园区的环境哪一点都不会比其他任何国家差！"2008年北京奥运会之前，孙教授得知自己的学生、已经在美国获得"总统绿色化学奖"的许从应要回北京观看奥运比赛，就邀他抽空到苏州来看一看。

"老实说，这一看，我内心就喜欢上了苏州园区，也有心思回国创业……但真正要回来，当时还拿不定主意。原因并不复杂，就是在美国那边待的时间长了，有了家，孩子要读书，自己的工作又比较稳定，收入也不错，更不用说我在博士后完成后，一直在美国先进科技材料公司（ATMI.Inc）任指导级工程师，所从事的化学材料专业也蛮有前途了。在这种情况下，我确实对孙老师的邀请有些犹豫……"许从应又开始哈哈大笑起来，开心地给我们讲了他后来如何被老师"召回"的过程。

有一天，许从应回到家，很严肃地问夫人："你怎么可以不把这种事情尽快告诉我呢？"

夫人一时蒙了："啥事？啥事我瞒着你吗？"

许从应说："是不是前些日子孙老师给你打了个越洋电话，打的时间很长很长，最后连手机的电都没啦？"

夫人点点头："对啊！可这事你怎么知道的？"

许从应不高兴了，说："我朋友在外面都传这事了，是朋友告诉我的……"

夫人一听赶紧解释，是孙老师没有劝动他许从应，所以想来个"迂回"战术，从动员其夫人入手，来把许从应"召回"祖国……

许从应听完夫人说明情况后，憋了一口气，站起身，果断道："都这种情况了，我必须回去！回去跟孙老师一起干，干到底！"

"真想好了？要回国？"夫人惊喜道。

许从应点点头，问夫人："你回吗？"

夫人立即点点头："回！跟你回去！"随后过来拥抱住丈夫，深情道："你到哪儿我就跟到哪儿，尤其是回国，我更是要跟在你后面，一步不离……"

许从应给了妻子一个深深的吻，然后问："孩子咋办？你想好了？"

"让他们继续在这儿读书，等长大了，让他们自己选择回还是不回。"

意见一致。许从应开心地笑了。

回国的事就这样决定了。2011年，出国近二十年的许从应从太平洋西岸飞回金鸡湖畔的苏州工业园区，从小吃惯了长江刀鱼的夫人夫唱妇随，她一见园区风光，便惊呼起来："这地方比美国还要现代，还要美啊！"

与夫人相比，许从应在园区转了一圈后，更是激情澎湃，他见到已经在园区生根开花的"南大光电"的孙祥祯教授后，第一句话就是："我要开公司了！"

孙教授笑了，说："初来乍到，雄心壮志。"随后又问："需要多少注册资金？"

"400万左右吧！"许从应说。

"美元还是人民币？"孙教授又问。

"美元。"

"那……老师真还帮不上忙。"孙教授有些窘相。

作为学生的许从应更是窘相万分，心想：实在不好意思，让老师为难了。

两人沉默起来，场面有些尴尬。

毕竟400万美元不是一个小数目，然而对于一个新起步的科技企业来说，这一笔钱又能算什么呢？尴尬就在于此。

"有一个办法可以解决。"孙教授说。

"老师尽管说来，我听着……"许从应伸长耳朵。

"你暂且先不用独立注册，就到我公司来吧。"孙教授说，"'南大光电'尽管资金不怎么丰厚，甚至常常有些紧张，但我们有国家和苏州园区做后盾，他们会在各方面支持我们的，当然他们也会支持你的。为了尽早发挥你的才智，启动你的科研工作，我特别欢迎你加入我的'南大光电'团队！"

许从应感动得举目看向老师，马上说："老师你有这份心，这是学生我求之不得的，本来嘛，我就是你的'南大光电'团队的一分子嘛！"

孙教授笑了，说："这倒也是。你在大学时就是我'MO源'研究团队的得力成员之一呀！"

"就这样说定了？"

"定了！"

"到底是我的好学生！"孙教授这一天很激动，紧紧地握过学生的手，双唇有些颤抖地说了一段话，"其实你到美国后我一直在关注你，因为你主攻的业务跟我在国内的研究大体是一个方向……可我已经七十多岁了，你正年富力强，所以我一直希望你来接我的班，我们国家科研方面还是差人家一大截，而真正的一流技术是没有人会主动送到你门口的。现在你回来了，而且答应加入我们的团队，这是我多年的愿望。真的要谢谢你了！"

老师开始抹眼泪了。

"老师您别这样！我许从应这辈子永远是你的学生，只要您老一句话，就是天涯海角，我也会去追随您的……"许从应说。

"谢谢。谢谢！"孙教授握了握拳头，深情道，"我还能陪你十年，希望我们一起为国家干成一些大事！"

"我想一定会的！"

师生再次将双手紧紧握在一起。

这一年，已是知天命之年的许从应，正式回到阔别近二十载的故土，开始了事业与人生的第二次起航——这一次他的心与苏州、与祖国贴得如此之紧，"我感到十分踏实和温暖"。

初入"南大光电"时，许从应从早到晚都待在车间里与工人聊天。起初，公司员工对这位从国外回来的高级副总裁和技术总监总带着一丝敬畏心理，似乎不太敢随意与他交谈。日子一长，大家发现这位在"洋水"里"泡"了二十年的许从应，原来是位天生爱说爱笑、性子随和的科学家呵！于是，对他的称呼也从最初的"许总"变成了很亲切的"许老师"了。

"我喜欢大家这样称呼我，一是被看作自家人了，二则还能勉励我不断领着大家往前、往上奋进……"许从应说。

欲创造先进的科技成果，就要从改变技术工艺着手，许从应看到承担着重要科研攻关任务的"南大光电"的生产车间里，许多机械操作仍然是手动工艺，于是他花费了很大精力，用计算机逐步替代了人工，最终实现了企业生产车间的全流程自动化控制。

2012年，许从应承接了一项省科技成果转化项目——"高纯三乙基镓研发及产业化"，孙祥祯教授放手让他独立带领团队攻关。果不其然，许从应回国后初试战场，第一场就打了个漂亮仗：他很快为国家首次实现了高纯三乙基镓产品的大规模产业化，其产品质量达到国际先进水平，受到国内外用户的一致好评。

其实，作为"海归"科学家的许从应从老师手中接过重任之后，他想得更多的是如何在高精尖端项目上突破和追赶世界先进科技成果。

机会来了。2013年，作为"02专项""高纯电子气体研发与产业化"项目的首席科学家，许从应同时承担了"高纯砷烷、磷烷等特种气体的研发与中试"子课题。

"这是一道世界级新科技材料上的难题，许多国家的科学家在研究，我们中国人能不能率先突破，我当时想着应该勇敢地去试一试！这应该是我回国后真正具有挑战意义的一次行动……"许从应说，他和他的团队后来用了整整三年时间，完成了过去我们国家三十多年间一直未能解决的高纯磷烷和高纯砷烷大规模化生产的问题，从而结束了西方国家在相关方面对我国的长期垄断和封锁，自然这一成果也填补了国内该领域的空白。

今天的许从应谈起这事时，是不间断的朗朗笑声，但在当时该课题立项和实施时，质疑他的可不是一般的风言风语，而是暴风骤雨。

"他？他说他想干这事？他说他能干成这事？"

"你们真的要给他几亿元的钱？你们不是疯了就是完全被骗了！"

课题论证会上，曾有人站起来，当着他的面这么说。

项目拨款会上，有人拍着桌子坚决反对，并且一个字一个字地咬着牙说："我们的科研经费，那可是人民的血汗钱哪！我们要是给了一个骗子，谁能负得了责任吗？对得起人民吗？"

他和他的项目不是一次两次地遭到这样的质疑。

甚至有大专家为了看看许从应到底是真正的科学家还是大骗子，亲自约他见面，并直截了当地告诉他："你这个课题，你这个立项，只能说明两个结论：你许从应要不就是大骗子，要不就是天才！"

许从应哭笑不得，只能说："那我们看结果吧。"

"看结果？怎么看？你把国家的钱花光了，如果结果等于零，你怎么说？我们怎么向国家交代？"

"对啊，这是个问题嘛！"

就连那些曾经支持许从应的人，也一下子不知该如何应对自己投赞成票所肩担的那份未来的责任了！

最后，国家科技部门派出一位司长来听取许从应的汇报与陈述。

"嗯，从理论上讲，你已经说服了我……"

理论上讲？啥意思？中文的含义宽泛到你的想象力所能抵达的边际。许从应当时只能苦笑。

"走吧，跟我一起到安徽走一走，我们再在火车上好好聊聊。"那位司长确实是诚心诚意，且工作扎实细心，不是那种一句话、两眼过目就下结论的人，他对许从应和许从应的项目考察得十分深入和透彻。

这一路上，许从应又从头到尾、从里到外，从国外讲到中国，再从中国讲到世界，从今天讲到未来……总之他从一个科学家和项目负责人的角度，极尽可能地完整表达了他对这一项目的宏观与微观的解释。

听着许从应滔滔不绝的陈述，司长除了偶尔点下头，仍然没有什么表情。

许从应有些急了，他真的快到了无话可表达的地步了——"你们信不信！这个项目、这件事我是一定要做成它的！我既然敢把自己现在所有的个人资产 1000 万放进去，我就敢立军令状！"

一直笑哈哈的许从应，那刻脸都有些变形了：他的火气、怒火、志气、豪气……还有身上其他的气，全都喷发而出！

"你把自己的家底都放进项目里了？"司长头一回听说这样的事，吃惊道。

"是这样！"许从应说，"我回国时，身上带了 1 万美元，后来在苏州几年跟着老师一起干，办成了几件事，所以身上有了 1000 万元的老本，我已经决定把它全部用在这个项目上……"许从应欲掏口袋、搜手机，来证明他的话是真实的，但被司长阻止。

在信息时代、大数据的今天，查实这么点事还用操什么心嘛！司长突然握住许从应的手，激动地说："我本人举双手赞同你的课题和项目方案！你放开手干吧！其他事情我来帮助处理！"

许从应听罢，顿然又恢复了往日的他："哈哈哈……我说我命好嘛！"

他确实"命好"。在这之后，为他开启的都是一路绿灯：资金、人员、审批等。剩下的只等他许从应把成果拿出来。

许从应确实是一名光电材料领域的杰出人才，在接受任务之后，他迅速组织攻关团队，邀请同为留学"海归"的朋友来到苏州，而老师孙祥祯以及"南大光电"也全力以赴地成为这个项目的坚强后盾。

"我最难忘的是苏州工业园区的管理层以及相关部门，他们总是在我最需要的时候出现，而且总是给予最有力的帮助。"许从应再一次强调了他"命好"的一面,欢笑之后,又说:"在苏州,我无处不感受到一种温暖和底气……"

他举例道,有一次有一个问题他需要解决,就试着给"市长书记微信群"中的苏州市委书记、市长提了一条意见。

"开始我确实只是想试试而已,但没想到第二天就有相关部门的负责人来找我征求意见,商量解决办法。他们告诉我,他们是按照市委书记和市长的批示意见,专门来帮助解决问题的。之后,问题也确实很快得到了解决。"许从应无不感慨道,"这样的事,在美国是不可想象的。一个企业、一个科学家遇到问题,政府官员才不会管呢!在我们中国就不一样,这让我实实在在地感觉到啥是祖国,啥是社会主义,啥是国家的力量……"

他说得没错。正是在这样强大力量的支持下以及阳光般的温暖下,许从应和他的团队在攻克高端科技项目的征程上,虽经千难万险,却从未因客观因素影响其攻克过程。"在集成电路方面,多少年来,国内先进一些的东西基本依赖进口,仅芯片一项每年从国外进口所耗费的资金就要高达1万多亿元人民币。而且大家都已经知道,所有的芯片硬件其实都可能藏着一个'暗门',制造方可以随时对每一个芯片进行跟踪。也就是说,如果一个国家大量使用他国的芯片,那么这个国家的安全将面临极大的风险。这种风险如果存在于两个敌对的国家之间,一旦发生国家之间的战争冲突,使用他国芯片的国家极有可能在瞬间遭受灭顶之灾……另一方面,在今天这个世界上,真正核心的技术,中国是不可能从他国那里轻易获得的。也就是说,早在20世纪末,以美国为代表的西方发达国家，实际上已经在电子信息产业方面的高端技术领域对我国进行了封锁和限制。因此，拥有自主的创新意志、创新意识、创新行动、创新计划、创新体系，就是我们这一代人能够为国争气的使命和责任。我很高兴在苏州这块美丽的土地上做了一点点这方面的贡献。因为命好，所以还获得了一点点成功！"

其实我们知道，许从应和他的团队虽然回国的时间并不长，但他们在信息产业和材料领域的科研道路上，已如展翅高飞的大鹏，甚至连一些国际同行都需要起身仰望了⋯⋯

与许从应握手暂别是在苏州园区"南大光电"的办公大楼前，我们希望他说一句当下的"心里话"。

只见许从应一阵爽朗的笑声之后，依然连连说着"命好"："如果在美国，我差不多是要退休了。但在自己国家的这块美丽土地上，我感觉自己的生命又回到了青春时代，有使不完的劲，有洋溢不尽的激情⋯⋯"

难道不是吗？我向他祝福。

万鸟归巢

苏州国际金融中心

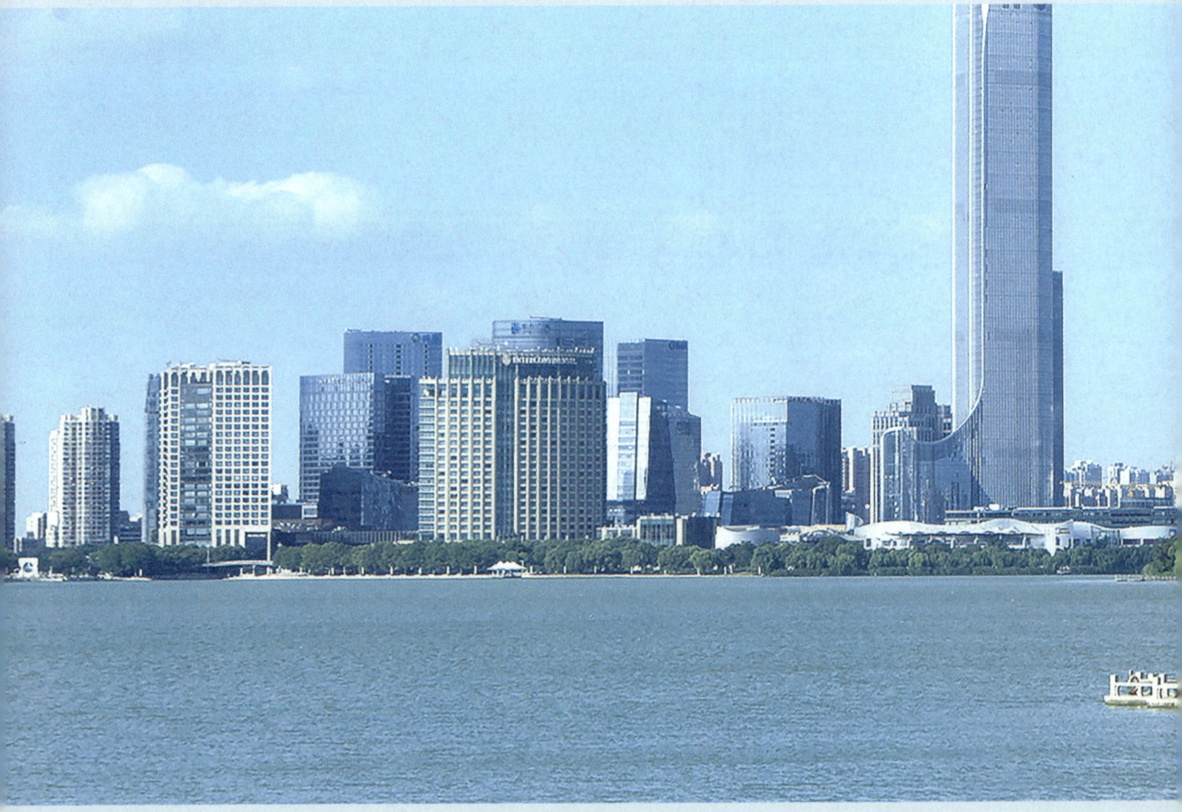

第二章

丝丝如锦绣

他们心存志远，笃信笃行，并把关于理想与信仰的誓言，许在了美丽的金鸡湖畔：

"把技术带回来，在中国把研发技术和市场一起开创出来！"

"跟我一起干！一起把中国的纳米技术搞出些名堂来！"

"中国需要自己的机器人，我们不造谁造？"

……

时至今日，这些誓言越发华彩绚丽。

苏州工业园区苏州大道入口

姑苏之美，天下闻名。其中最为流传而成经典的，是它温润而极致的丝绸绣品。那美、那柔、那细腻、那光泽，如女之姿，似水之情……

在苏州工业园区这片土地上，曾经是水汪泽地、泥泞田埂，而今它锦绣如画、风华物茂，是绿荫中的无烟"工厂"，每天为国家贡献的财政收入超亿元。这样生机勃勃的希望之地、丰收之地，在全国独一无二。

它之所以如此，归于一点，就是园区的机制好、人心暖、劲道足……也正因为如此，生长和飞翔在此的每一只远方而来的飞鸟都啼鸣得格外清脆与动听。

4 鹰来了,其眼炯炯有光

刘圣属于这样的一头鹰,他从小就有一个远大的志向:世界那么大,天那么高,我要像鹰一样飞得很远、飞得很高。

后来他做到了。他的天地在苏州工业园区,这里是他飞远、飞高的地方——有志者,事竟成。刘圣说,他的事业如果离开了苏州工业园区绝不会是这番景象,而现在,他和他的事业就如同拥有了一片高远的蓝天,可以任他飞翔,飞出他人生和事业的双重精彩。

这位如今在高科技领域走在前沿的科技专家,在少年时就有报效国家的雄心。1989年,他实现了自己青春时代的一个重要志向:考上了清华大学。

"八年后,我们班上一半人去了国外留学,我是其中之一。"五年清华本科和三年保送中科院自动化所研究生学业完成后,刘圣踏上了与其他二十来名同学一样的道路——出国。

他考上了美国著名的佐治亚理工学院,读博士。与麻省理工学院、加州理工学院齐名的佐治亚理工学院位于亚特兰大,城市并不算大,却是刘圣和许多中国人熟悉的城市,尤其是在1996年举办奥运会之后,亚特兰大成为世界名城。这座城市位于美国东部,属于美国第九大都市区,是美国铁路的枢纽地。它也是美国富人的聚集地之一，许多大富豪居住在此。在历史上，亚特兰大是美国南北战争的战略要地，多次被战争所毁。但被毁的城市总是有重建的辉煌，因此亚特兰大也是美国有名的创新城市，特别吸引那些争创一番事业的年轻人。刘圣说，他之所以报考亚特兰大的佐治亚理工学院，就抱有这样一种心态。

在这里，他也实现了自己青春时代的另一个梦想。作为一名"理工男"，刘圣当然更关注自己所学的专业，而佐治亚理工学院就是可以圆他留学梦的首要理想之地。这所始建于1885年的美国公立大学，其工业工程与生物医学工程专业在美国排名第一，其材料工程、电子工程、计算机科学等专业也都在世界享有崇高声誉。苹果公司前CEO、可口可乐董事长、沃尔玛总裁等都是该校的校友，这里也曾诞生过诺贝尔奖获得者，至于从此走出的美国国防部长、四星上将等更可以列出一份长长的名单……同样，佐治亚理工学院也诞生过伟大的建筑设计师，他们的设计作品包括纽约世贸中心纪念碑、花旗集团中心大楼、上海金茂大厦等。

在亚特兰大读博的四年间，身为四川小伙的刘圣有足够的时间去感受这座伟大城市的历史文化底蕴。毕业后，刘圣先进了美国一家颇负盛名的公司上班。"这家公司就像今天中国的'华为'，在当时的美国知名度极高。但在那里工作了一年后，发生了金融危机，我发现不能再继续在这种市场风险特别大的公司工作了，于是决定去硅谷闯天下……"

硅谷到底什么样？对于没有去过硅谷的人而言，这个地方似乎很吸引人，事实上，它的魅力到底在哪里呢？是"谷"里的人，还是"谷"里的景？

我们试图寻找相关的文章，却发现几乎没有，大概是当今世上的文人墨客对它并不感兴趣，所以没有留下任何有价值的文字。而来自中国的旅客似乎更愿意去看一看，因此偶尔留下一些简单的形容，比如有人这样描述：

> 我们住在希尔顿酒店，往北看，有一个类似国内的公园广场一样的地方，特别安静，很多华人老头老太太在晒太阳。鸽子飞来飞去，嘿，真是一个安逸的地方呢！怪不得国内那么多退休了的人来到美国养老。这阳光，这空气，这岁月静好的样子！
>
> 对面的一个山坡像魔方似的盖满了房子，错落有致，挺有意思。远处是海，深邃的海，碧蓝碧蓝。鸟儿在海面上飞得自由自在，甚至也有自大……

别看这只是普通游客，其实他还真把硅谷的特点描写了出来：首先，硅谷不是一个看上去那么壮观的地方，但房子很多，而且都是在山坡上"叠"着建，"错落有致"证明这里的房子不是乱建，而是非常有序的，从一开始就有设计与规划。但由于没有想到它会成为一个能够吸引全球高端人才的大"谷"，所以在有限的山坡上，最终只能像一个个笼子似的"叠"满了房子。其次，硅谷很静，静得很多退休老人都愿意到这儿"安逸"地晒晒阳光，度过人生的最后时光。

靠着大海，又如此静，谁不喜欢！

科学家和研究者们，当然还有梦想把科学家和研究者研发出的成果转化为商业产品的实业家们，都开始瞄准这片并不高大却魅力十足的山坡……于是，智慧和资本、梦想和理想、愿望和贪婪一起发力，这里终于成为全世界瞩目的一个"谷"，而且这个"谷"慢慢地在人们心目中成为象征着知识和财富的世界之巅了！

这"谷"之"巅"是以一种名为"硅"的化学元素铸成，我们过去一直叫它"矽"。别小看了这个原子序数只是 14 的元素，它在我们地球物质中的储量极为丰富，约占 26.4%，仅次于氧的 49.4%。

人类离不开硅，20 世纪末以来，"硅"更是在世界科技的前沿舞台上大放异彩，因此美国的硅谷也随之成为世界瞩目之地——所有追求科技强国和科学巅峰的科学家、政治家、经济学家，都把目光投向了美国西海岸加利福尼亚州那片面积不大却光彩熠熠的金山坡……

硅谷对中国青年知识分子来说，就是一个实现"科学梦"的地方，不知道有多少清华大学等国内外知名学府毕业的"理工男""理工女"选择前往那里。而我们对历经大浪淘沙归来的每一个"硅谷人"，都怀有不一样的崇拜感，因为他们大都可以成就一番事业。

来到硅谷之初的刘圣也差不多是那种心境，只是在此之前，他已经有了八年的"美国式经验"。

看过一位中国"理工男"写下的一篇描述他初到硅谷时印象的文章——

我第一次来美国是在 2006 年,而且刚好也是来了硅谷。这一次访问,也彻底改变了我人生的轨迹……

当时苹果举办了一个中国高校的开发比赛,然后我交了一个大鱼吃小鱼的游戏。因为当时中国没几个玩 Mac 下面的开发,很少人用 Object-C 和 Cocoa,而我们学校有比较成熟的苹果实验室,所以我很顺利地获得了 Apple 中国和同济大学的资助(自己自费一部分)去参加 WWDC2006。

当时我在大二暑假,第一次来美国,第一次来到硅谷。之前的我,"土鳖"一个,从湖南的一个小县城出来,没见过任何世面,所以到了上海就觉得一下子开了眼界,同时也觉得这次去美国的感受会和之前自己从一个小县城来到上海的感受一样,经济发达好多,高楼大厦多很多,但是在其他很多地方也和自己家乡差不多。然而到了美国之后,完全颠覆了我之前的想法。这里的高楼没有多,反而比上海更少,但是环境确实异常好,充足的光照、新鲜的空气、大片大片的草皮……

第一天我去了 Stanford,一进门的 Oval Garden 和教堂就把我给震撼了,原来大学可以修得这么有人文气息。然后看到草地有不少野生的松鼠蹿来蹿去,觉得很新奇,但是那边的老外却只管走自己的路，觉得习以为常。还有，这边路上的车会主动让行人先走，顿时让我自己感到不好意思。同时，这边的行人也不是一味装老大，在有车等他们过马路时，他们会加快脚步甚至跑起来，以免耽误车上人的时间……

后来就是去了WWDC的会场听Keynote。有些"果粉"真的很疯狂，早上五点多就去排队，以求可以在前几排近距离观看乔布斯的演讲。排队的时候发现大家特别守规矩，因为等的时间有两个多小时，一大堆不认识的人就互相攀谈起来，地上是地毯，大家就坐在地上，或者随便走动，聚堆聊天。当时我碰到一个美国学生，问他是在哪儿读书，他回答MIT。当时MIT在我心里就是神一样的存在，而且我土，那时我才第一次知道MIT原来是在Boston。后来开始进场了，大家重新按原来的顺序排好队，几乎没有人趁机往前面挤。

第一次听硅谷里的公司老板演讲（WWDC main keynote），真的奇妙，原来他们可以把演讲说得如此有条理、如此激昂！乔布斯以及一些VP，他们上台演讲和介绍产品，是不需要照着稿子念的。同时，一个公司老总可以亲自在电脑前面演示产品，对其软件操作得相当熟练。当然，他们谈吐得体、发音清晰，令我这个英语很烂的人也能听懂大部分……另外，现场的观众也很捧场，气氛超级high！大家不停地鼓掌和欢呼，现场的大屏幕和音响效果也很棒,即使在很后面的观众也可以听清楚演讲。

会场里面还有免费的 Wifi,可以随便上网。另外还有十几台机器的一个网吧,互相连 Quake3"群劈"。中午和晚上有饭,是自助的……

对 20 世纪 90 年代末的中国留学生而言,看到如此优雅与美丽的硅谷,谁不心动?刘圣笑言,他到美国时基本与这位青年的心境差不多。

不可否认,这一次访问改变了我之后生活和学习的轨迹。特别是在六年后的现在看来,这一次拜访硅谷是我人生的一个巨大转折点:它开拓了我的眼界,让我明确了未来的方向,使我一举从之前单纯的所谓"学霸"变成了一个知道自己"要去学什么,要怎么努力和要成为一个怎样的人"的人,犹如日本的明治维新,让其从一个落后农业国转型成为现代化的工业国,为之后日本的崛起铺平了道路。当年我在回程的飞机上,鸟瞰着金门大桥和旧金山湾时,我默默告诉自己:我还会回来的,我要过来读书和闯荡一番,人生才算完整!

另外,这段硅谷经历也同样写入了我在人人网的日志《该来的总归要来!传说中的卡耐基梅隆,传说中的计算机四大金刚》,里面的原话是这样的:

在逛了斯坦福、金门大桥,吃了大螃蟹后,我离开了美国,在返程的飞机上，我回看了旧金山一眼，我告诉自己：我有一天会回来的，不过不是旅游，是读书，是开公司，也当一名科学家和公司老板，能够做一个报效国家、报效父母的中国好儿郎！

"我们何尝不是这样！"刘圣说。他当时的条件从某种程度上讲，要比上述文章里这样的青年学子强不少，因为他不仅有了几年在美国著名大学读博和在一家大公司实践的经历，而且他所学的专业即使在硅谷也算是人才紧缺的。

果不其然。刘圣本可以选择一家发展前景优秀的公司，成为享受较好待遇的合伙人。然而，刘圣最终选择了一家初创公司。"那个时候像谷歌这样的公司也还在创业期，算是刚刚冒一点头名气并不算大的公司，所以我觉得我应该像他们一样从头做起，于是选择了一家初创公司……"刘圣说，这个选择对他后来回国在苏州园区开办自己的科创公司具有十分重要的意义。

"我学到了一个科创公司走向成功和上市的全部过程……"他说。

硅谷为什么那么吸引青年人？原因在于它的氛围——让一切有志创业的青年人，不受任何束缚、任何制约、任何干扰地从事他想做的事业，而且提供各种金融服务、优惠的税率、生活保障和优越的环境，等等。"过去许多想都不敢想的事情，在硅谷竟然都能在没有任何附加条件的情况下，轻松地为我所用、为我所有。在这种自由自在的环境中，你只需要专心地搞科研、做生意就是了，谁不爱它嘛！"一位在硅谷工作的中国青年科学家这么说。

呵，原来硅谷吸引人的地方不只是前沿的科学理念、充裕的资本资源，更是让人获得了心灵上的宽慰与安抚，能够自由地飞翔，它周到地满足了非常实际的个人所需，这就是硅谷的魅力。

刘圣作为当时已经具有相当实力的青年才俊，来到硅谷之后可谓如鱼得水。

"我在一家当时并不出名的公司做工程师，后来当了中层管理者，一直干到2008年初……当时这家公司已经上市，正着手开发一个新的产品，处于转型期。我虽然不是公司的合伙人，却经历了一个科创公司从起步创业到积极发展再到上市的全过程。这段经历对我而言影响深远，十分重要，可以说奠定了我后来个人事业的基础。"刘圣说。

刘圣后来离开了这家公司，因为他早就有了自己的创业规划：争取在适当的时候回国，独立创办一家自己的科创公司，实现理想。

"2008年初，我就在硅谷注册了一家公司。这在那里也不是什么新鲜事，一般在那儿的人差不多都是这样：先注册个空头公司，再寻找投资人，搞点小名堂出来，等着哪家大公司、大老板来收购你。然后有了真正创业的资金后，放手大干起来……"刘圣掏出了硅谷人的一个秘密。

呵，原来"资本"是这样"玩"的，原来"事业"是这样起步的！

硅谷的与众不同就在于，资本市场的飞跃才是真正的飞跃，你的目标和方向本身也可以一本万利。在硅谷这样的地方，知识与专利，即使是你头脑中"蹦"出来的一个奇思妙想，也会被敏锐的投资人意识到"可能的潜力"而收购，收购的资金有时多得你意想不到。当然，投资人也不傻，大把大把的钱像仙女撒花似的到处撒，似乎看起来大多数的花没有撒到有用之地，但十个项目中只要撒中一两个，资本噌的一下就翻了几十倍甚至几百倍，以往所有的损失就统统补了回来。这就是资本市场的奥妙——它才不做赔本生意呢！

这种花式操作，让年轻的创业者们趋之若鹜。尤其是当时的中国学子，他们聪明绝顶，努力无比，只是口袋空空，这时有人不惜资本，将大把大把的钱撒向你，塞进你腰包时也不问一声，即使失败了，也不会来讨债和追杀，依然朝你一笑：干吧，下次还会撒钱给你！如此"资本家"，对两手空空、心中却揣着理想和梦想、又有一定实力的青年而言，是何种难以抵挡的诱惑！

硅谷，就你了！我们选择在你这儿创业！这是多少世界有志者的内心呐喊。美国在运作人才和资本方面属实有着独到的专业和高超的本事，这种先进的经营管理能力，也是成熟的市场运作经验，应该归属于人类共同的文明智慧结晶。我们无须将它政治化，值得借鉴的地方就应当学习。

然而，人不仅仅是受资本和市场控制的，人还有理想与信仰，还有志向和价值观。

刘圣和很多中国留学生一样，他们人在硅谷，依然心系祖国。他们需要积累硅谷式的经验和经历，从而在未来的事业中以一种厚积薄发的姿态，迸发出远超以往的能量。

"那时我给硅谷新公司起的名就是'旭创'，沿用至今。"刘圣非常有远见，早已在做准备。

"旭，就是希望未来的公司在科技创业方面有所作为，同时非常明确地表明了公司的业务就是光通信。'旭创科技'的含义包含了我的理想，希望能够用自己的努力，做一家能够具有世界先进水平的光通信方面的专业公司，争取在世界领域中占有一席之地，为国争光。"刘圣特别指出，"我说的为国争光绝对不是一句空话，因为在当时我已经充分意识到：光通信在未来世界必定会成为一个特别重要的领域，人类生活离不开它。就怕那个时候，美国已经十分先进了，而我们国内基本上还处在未知状态。那怎么办？难道十多亿人的命运让其他国家用他们的先进技术牢牢地控制着？我当时树立了这么一个危机意识，所以就想应该尽一份力量，尽可能地让我们中国人在这个领域有所作为，而不让以美国为首的西方世界在未来完全掌控着中国人的命运……"

理想如此崇高，实现却远非那么容易。

机会来了！苏州工业园区的"全球招聘"来到了加州，也就是刘圣注册空壳公司的地方。苏州园区工作人员的热情和诚恳，让刘圣这样的留学青年心头顿时激起波澜。

"你们那儿真的需要人？"

"太需要了！特别是像你这样的高才生！"

"听说过你们的园区，但还真没有去过。"

"就在苏州东边，那个地方并不比这儿差什么，就差你这样的创业人才了！"

刘圣笑了："以前我去过苏州的高新区，印象不错。但就是没去过园区……"

"你回去看看。一定回去看看……看了再说！今年奥运会又在北京举办，你一定要回去看看，顺便看看我们国家举办的这场体育盛会。"

"我有些等不及了，想早点回去看看你们的园区！"

"哎呀，太好了！太好了！我们帮你把机票订好，你啥时候去都行，我们在苏州等你……"

"好呀，咱们说定了！"

"不见不散！"

就这样，刘圣于 2008 年初再次踏上回国的路途，这回他的目的很明确：到苏州工业园区看一看，再决定是否回国创业。

"到苏州工业园区后，看了金鸡湖，也看了独墅湖，以及周边的企业及园区设施，我真的完全被吸引了。过去虽然也来过苏州，但并没有到园区这片'新苏州'看一看。这一回到了园区，看到这片已经开发并建设十多年的美丽土地以及它的创业环境，我一下子就被吸引住了：它完全不比硅谷差，环境条件甚至称得上是'天堂之天堂'，哪个地方都跟它没法比！而且这是我们国家自己建设起来的一个现代化的创业、创造、创新之地！"刘圣有些激动地回忆起当年决定回国创业的心境，说，"最重要的是，园区的管理水平很高，由于引进了新加坡管理模式，所以它对人才的政策、对创业的资本支持与以硅谷为代表的国外先进园区相比并不差。恰逢园区正在建科技创业园、留学生公寓等，这让我切身感到，园区已经把我们这样准备回国创业的海外留学生所担忧的事都想到了。因此参观完后我很满意，当时就答应正式回国，而且就选择到苏州园区来……"

刘圣是有眼光的，他的眼光就是他对事业的判断力。他的眼睛如同鹰一般，精准而独到，不乏胜人一筹的炯光。

"说句心里话，从那一刻起，我就已经坚信苏州工业园区一定是那片最适合我创业的土地，当时就恨不得能够早点回来，早点到这个地方，我的创业就会早点成功……几年之后，这些都被我自己证实了！其间走过的路，也成了公司名字'旭创'的印证：希望通过创新照亮未来……"科学家、企业家在言语表达中是不太会用夸张的修辞的，但刘圣在谈到他当时为何选择苏州园区时，字里行间都跳跃着激情的火花。

"其实，当时促使我下决心回到祖国、来到苏州的还有一个更重要的因素，那就是我所要开发的产品。投资人说，现在搞光通讯的硬件产品已经开始向亚洲转移，包括研发，所以你应该赶在下一波浪潮的前头，去占领亚洲市场，包括研发工作也应该带到那边去。我一想，这不正合我意嘛！亚洲在哪里？亚洲的最大市场在哪里？这不用说，肯定我们中国才是主战场嘛！我能在这个大浪潮到来之前，把技术带回来，在中国把研发技术和市场一起开创出来，这是多么好的时机啊！它不正是我的'旭创科技'公司所追求的嘛！"

形容刘圣的目光如鹰是有依据的。听着刘圣讲述自己的创业故事，在跟他对视的几个瞬间，我们明显地感受到，在他广阔的思想天空中，有一只目光邃远又坚定的雄鹰在盘旋翱翔……

"2007年、2008年的时候，我在硅谷看到的谷歌等一批软件公司的成长过程，给了我很多启发。他们在那个时候也并非全球影响力很大的公司，但他们赶在了软件大发展的浪潮前沿，所以成为整个行业的引领者，也成为大家学习追赶的标杆。我想，我们要干的事业同样要赶在某一个新兴产业链发展的前沿……而苏州就是实现理想的最佳选择地了！"

2008年4月，一家名为"苏州旭创科技有限公司"的新企业在苏州工业园区正式成立。自然，老板就是刘圣。

"应该说，刘博士是我们园区从海外回国创业的第一批人员。"园区的工作人员说。

第一个吃螃蟹的人是勇敢者。同样，第一批回国创业的人都是些有抱负的勇敢者；第一批来到苏州园区在世界前沿科技创业的人，更是些有眼光的勇敢者。刘圣特别感谢在他的公司初创时期，有两个方面的人给予了他支持与信任。"一个是我在美国认识的一位华侨企业家，他听说我回国创办公司，非常支持，他个人为我创办新公司开出了一张50万美金的支票。另外，我的公司总注册额是320万美金，其中一半是苏州工业园区投入的。没有这两个方面的支持，我的创业路不会走得那么顺，所以我特别感恩最初的投资人，其中园区的信任格外珍贵，其实当时他们也未必对我有多少了解，完全是出于真诚的支持。这一点让我永远铭记于心。"刘圣知恩图报。

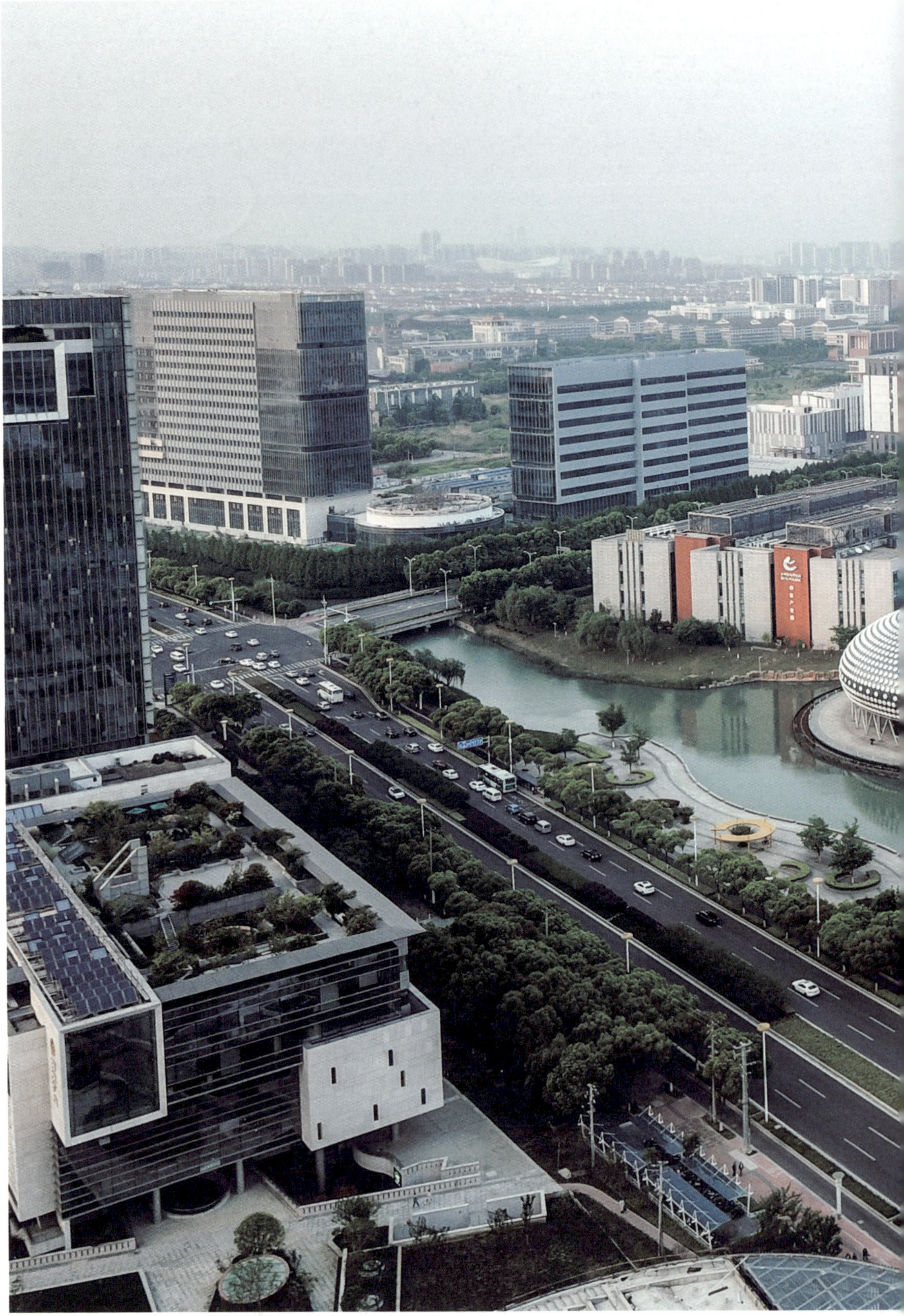

苏州国际科技园五期创意产业园

他的目光如鹰，心却柔软如棉。

"我真的感恩无比，因为在公司注册和刚刚开办不久，席卷全球的金融危机就开始了……那一场危机让不计其数的中小公司淹没其中，而我的新公司在苏州园区的关怀与关心下，几乎没有受到什么冲击，一直健康发展着。"刘圣说。

赶在暴风雨来临前走完路程的人，是这个世界上最幸运的人。刘圣的"运气"来自他那鹰一般的眼光和判断力，以及执行力。

然而，既然是创业，刘圣也不可避免地会遇到困难。他虽然有一部分"好运"，但也遇到了创业者都会碰到的难题。比如他在美国创办"旭创"时的另外两位合伙人，原本说好一起回国创业，但真正到了要走的时候，人家打了退堂鼓。

"你不能要求别人跟你一样，所以在当时我不得不彻底辞去在美国的所有正职与兼职，孤身一人回国……"刘圣说到这儿，神色有些凝重，只一瞬目光又炯炯有神起来。

"我依然要感谢苏州园区这块美丽的水土，它很柔软、很清新，园区的人就跟这里的水土一样，让你很舒服，当遇到困难和问题时，能够化解你的心愁。"刘圣说这话时，目光是温软的——鹰，也有柔情的时候。

说刘圣像鹰，是指他对事业的追求，以及在科研开发上的敏锐与机智、不懈与努力，这是一种奋勇向前的精神和对至高境界的追求。

"要干就要干世界最前沿、能干得最好的事！"这是刘圣说得最多和最响亮的话。

现在，他的"旭创科技"已经是世界一流的高端光通信模块设计公司。园区人说，在十几年前"旭创"刚刚落地园区时，他们就知道刘圣为公司立下了"高规"："旭创"的创业团队毫无疑问应该是硅谷式的——公司所招聘的技术人员和管理人员皆是在业内大公司干过的技术管理精英；"旭创"的创立也是硅谷式的——靠的是风险投资；"旭创"的技术路线更是硅谷式的——起步之初就瞄准了10G/40G高端光模块；"旭创"的市场同样是硅谷式的——产品只销给那些全球最有名气的公司。"还有一点：我们创业的所在地是硅谷式的，那就是苏州工业园区……"刘圣补充道。

鹰击长空，翱翔万里。

刘圣却这样说："别看我现在的公司已经规模不小了，但直到2016年我们搬到科技园时，才突然发现生意虽然已经做得不小了，然而许多事情却并不太会操作，因为园区一直以来对我们太好了——公司的什么事情都帮着给我们办了，而我们其实只在管公司的科研与市场，其他的事情园区工作人员默默地都给代办了……现在越想越觉得，苏州这个地方太好了，园区的营商环境和创业条件无与伦比！"

鹰，什么都可以不需要，它本身就充满飞往高远之处的壮志雄心和强大能力；但它需要天，需要广阔无垠的天空。苏州工业园区正是这片任鹰高飞的广袤天空。

"我第一次买房时，园区就补贴了100万元，那个时候我正在创业阶段，100万元对我个人来说，真是很重要。园区这般贴心，

金鸡湖夜景

让人感到无限温暖。"刘圣记得园区这片土地给予他的每一分阳光与温暖。

他也因此飞翔得格外矫健与雄壮。公司成立的第一年——2008年,"旭创"推出首款产品10G SFP+ 紧凑型光模块。与此同时,公司快速研发出小封装、低功耗的 40G QSFP+ 高速光模块,同时完成了 40G QSFP+ 全系列产品的开发量产工作,成

为国内第一家具备 40G 光模块批量生产能力的公司。

刘圣果真具有鹰一般的气度与本领。由于上述创业项目的一鸣惊人，他在 2008 年和 2009 年先后获得"苏州工业园区科技领军人才""苏州市姑苏领军人才"等荣誉称号。

园区人说，现在谈及刘圣和他的"旭创"，似乎已不再那么心潮澎湃了，但当时——十几年前，我们在自己国家的土地上，能够自主生产和销售具有世界一流水准的软、硬件产品，让那些国际上最著名的公司跑到中国、跑到苏州来采购光通信产品，这是一件多么荣耀的事儿！这事儿、这荣耀就是刘圣给园区、给咱中国人争来的光啊！他真的就像我们金鸡湖畔上飞翔的一只雄鹰，长了我们国家的威风！

呵，我们那些平时从不把话说满的苏州老乡，论起刘圣和他的贡献，竟如此激情澎湃！

刘圣确实不同寻常，他的"旭创科技"在国家改革开放的大环境下，在苏州这片美丽土地的滋润下，从创立之日起，就一直领跑国内同行业，研发成果始终位居业界前列，产品销售额一直保持年均80%以上的增长率。

"从当初的一个人回国，到现在拥有4000多人的企业；从白手起家，到现在拥有全世界70亿多元的市场，这就是我作为园区第一代'海归'所走过的路……"刘圣坦露心声，"我的心底就有一个愿望：要为国家的强大做一点事，要让我们的公司在科研技术这块领域里不输给其他人。我们中国人是有拼劲儿的，只要认准了目标，不达目标，誓不罢休！现在我和我的公司，就是要以光的速度，完成光的使命。"

呵，多么豪迈的气魄——以光的速度，完成光的使命！

怎样的速度是光速？它是人类所发现的自然界物体运动的最高速度，真空中达到每秒299792458米，也就是说，你眼睛一眨，就已经是几万里之遥了。

光的使命又是什么呢？光是带给我们生命和生活全部意义的物质存在，假如地球没有光，也就等于没有地球，又何谈人类的一切？光带给我们光明与未来，没了它还有什么意义可讲？所谓光的使命，就是一切科学和未来的基础和意义。

刘圣作为一位科学家，心怀雄鹰般的致远理想和信仰。他把这份理想和信仰的誓言，许在了美丽的苏州工业园区，园区也因此显得更加华彩绚丽。

5 湖边有艘"纳米航母"

十多年前,我们来到苏州工业园区时,就听说这里有艘"纳米航母"——中国科学院苏州纳米所(全称"中国科学院苏州纳米技术与纳米仿生研究所")。因为它隶属于中科院,又是"省院合办"的高等级国家研究机构,所以名头很大;而且由于它的目标研究领域纳米技术是科学前沿技术,故而格外引人注目。

美国物理学家、诺贝尔奖获得者理查德·费曼先生可能不会想到,21世纪初的中国对他首提的"纳米"概念是如此疯狂:几乎可以认识到的东西都被"纳米"所代替,电视上的广告天天都在传播"纳米";总之给人们的印象是,"纳米时代"到来了!

这不是传说,是我们曾经经历过的那个年代。

"纳米"到底是什么呢?理查德当时提出的"纳米"概念是,人类能够用小机器制造更小的机器,最后将变成根据人类意愿,一一地排列原子,制造产品。这就是他的梦想。后来,全世界的科学家开始朝这个方向研究和发展。1982年,纳米研究取得重大突破。1990年7月,第一届国际纳米科学技术会议在美国巴尔的摩举办,标志着纳米科学技术形式的诞生。1992年,碳纳米管被人类发现,它的质量是相同体积的钢的六分之一,强度却是钢的10倍。

纳米到底是什么？纳米其实是一种长度的度量单位，它的英文是 Nanometer，符号 nm，即毫微米。那么，1 纳米是多少呢？1 纳米等于 10 的负 9 次方米。也就是说，1 纳米相当于 4 倍原子大小，比单个细菌的长度还要小得多。到底有多小？这么说吧，单个细菌是人用肉眼根本看不到的，显微镜测出一个细菌的直径大约为 5 微米。假设一根头发的直径是 0.05 毫米，把它轴向平均剖成 5 万根，每根的厚度大约就是 1 纳米。也就是说，1 纳米就是 0.000001 毫米。纳米科学与技术，有时简称为"纳米技术"，它是研究结构尺寸在 1 至 100 纳米范围内的材料的性质和应用的。毫无疑问，人类社会的文明进步，一方面是向无限广阔的宇宙进发，另一方面就是向微观世界探究。纳米技术就是向微观层面深入进行科学研究和开发的领域，随之而兴起的就是纳米新兴学科，如纳米医学、纳米化学、纳米电子学、纳米材料学、纳米生物学等。自 20 世纪 80 年代之后，全世界的科学家深知了纳米技术对科技发展的重要性，几乎都在不遗余力地发展纳米技术，并力图抢占纳米科技领域的战略高地，于是形成了一个强大的"纳米时代"……

从纳米技术的特性来看，纳米技术一旦在某一领域有所突破，它所带来的革命性进步是巨大的，甚至是不可预想的巨大！

美国科学家最早发现和发明了"纳米"，而且也最早将其应用于实际成果之中。

1989 年，美国斯坦福大学搬走原子团，用氙原子打出"斯坦福大学"的英文名。

1999年，美国国际商用机器公司在镍表面用36个氙原子排出"IBM"。

中国科学家也没有放弃追赶前沿科学的信心。同年，中国科学院北京真空物理实验室操纵原子成功写出"中国"二字。

与此同时，巴西和美国科学家在进行碳纳米管实验时发明了世界上最小的秤，它能够称量十亿分之一克的物体，这相当于一个病毒的重量。此后不久，德国科学家研制出能称量单个原子重量的秤，打破了美国和巴西科学家联合创造的纪录。同年，美国科学家在单个分子上实现有机开关，证实在分子水平上可以发展电子和计算装置。

最让人不可思议的是，美国加利福尼亚州帕萨迪纳市的喷气飞机推进器实验室还研制出了一种被称为"纳米麦克风"的微型扩音器。据《商业周刊》报道，这种微型传感器可以使科学家听到正在游弋的单个细菌的声音，以及细胞体液流动的声音。这种人造纳米麦克风由细微的碳管制成，正是因为构成物体积细小和灵敏度极高，这种麦克风才能够在受到非常小的压力作用下做出反应，使得对其进行监测的研究人员获得相关的声音信息。

科学家们共同给出的结论是，纳米技术是一门交叉性很强的综合学科，研究的内容涉及现代科技的广阔领域。其最终目标是，人类可以按照自己的意愿，直接操纵单个原子、分子，制造出具体可见的原子、分子世界。这充分表明，人类社会将越来越向微观世界深入，人们认识、改造微观世界的水平提升到前所未有的高度。进入21世纪后，纳米技术和芯片制造成为全球科技界最炙手可热的两大产业。

苏州工业园区作为以世界科技前沿的国家级高科技开发为目标的工业园区，自然对纳米技术情有独钟。曾经，我们走进园区，所听到的关键词都是"纳米""生物"——后者在当时也是风起云动，于是园区迅速成立了一个"纳米生物园"。

反正这是最前沿的科学！

园区人介绍起那时的"设计"，颇为自嘲：我们就是冲着越前沿的东西越去努力张罗。这种意识也证明了苏州工业园区的开放性。"不懂可以学嘛！但不能守着时光落后于他人……"瞧，这就是苏州园区人！

你必须敬佩他们的开放意识、追索意识。

当然，走在"纳米时代"最前沿的首先是中国的科学家。2006年春，一位名叫杨辉的研究员来到了苏州，来到了苏州工业园区，他被眼前的这片"新苏州"的美景所吸引、所诱惑，最后感慨地说："再也找不到比这更合适搞纳米的地方了！"

就它了！作为中科院苏州纳米研究所筹备组负责人，年轻的杨辉研究员就这么把这件事敲定了。而这一拍板，也让这位身材高大的北方汉子从此与苏州结下了不解之缘。"快二十年了吧，我基本上没有离开过苏州园区这块土地！"第一次采访杨辉，他这么感叹。

杨辉是回族人，在苏州生活对他来说，饮食是一大困难，因为苏州不像北方那样到处都有清真食品；但为了中国的纳米科技研发，他甘愿"化身"江南人，这对一个北大高才生出身、刚刚四十岁就出任中科院半导体研究所副所长的年轻科学家来说，自然是一种不小的"跨越"。好在"我喜欢苏州"，杨辉因为这份喜欢而把自己最好的年华献给了作为江南富庶之地的新苏州。

2006年，杨辉在完成中国第一支氮化镓激光器的"863"重大科研项目之时，被派往中科院与江苏省人民政府共同组建的苏州纳米所担任负责人。1961年出生的杨辉，于1982年毕业于北京大学无线电专业，之后一直在中科院半导体研究所工作。1991年取得博士学位后，他在德国柏林科学研究机构做博士后与客座研究员。杨辉回国后就被聘为中科院半导体研究员，是他这一代人中非常杰出的青年半导体科学家。当美国等发达国家的科学家开始研究纳米技术时，杨辉也已经把目光锁定于此。

成立苏州纳米所，既是国家的重大战略，也是杨辉个人的事业志向。两者合一，也就有了他来苏州的可能。

作为中国纳米技术研究领军人物的杨辉来到江苏苏州领衔一项世界科技前沿技术的研究与开发，江苏省和苏州市都给予了高度重视。

"苏州很快决定给我们100亩地！"杨辉说。采访他时，杨辉先把我带到他的研究所车间——那个外壳看起来很特殊的大房子里面，机器声隆隆……相互间说话要靠半喊着，但我们已经被深深地吸引了：原来"纳米"是需要无数机器连接才能产生的！

杨辉说，这种原子、分子、中子……包括纳米物质，都是在大量机械操作过程中才能产生，所以实验现场机器特别多，而我也由此想到了如北京正负电子对撞机工作那般的宏大场面。

在这个一般不太容易看到的实验现场,杨辉指着大型环状机器说:现在,里面的原子物质正在零下270.156摄氏度的状态下"工作","只有这样,才能把每个原子'冻'住,这样我们才能研究它,并且用量子称把原子物质称出来……是量子称,不是一般的称!"

走出实验现场,再看杨辉他们这群科学家,更加叫人敬佩——他们都是超级人才!

苏州工业园区生物纳米科技园

"2006年,我们正式在苏州落地。"杨辉说。当时,江苏省和苏州市给予了高度重视。

2007年,杨辉作为引进高层次创新人才代表被江苏省政府表彰。"全省表彰了44名,我是其中之一。省委书记、省长亲自颁发证书和宣布给予我们创新资金资助⋯⋯"杨辉对此记忆犹新。

我们查阅了那次表彰会上,杨辉作为中科院苏州纳米所筹建工作组组长和获奖代表在大会上做的发言。他在获奖感言中表示，这份荣誉既是对他本人，也是对苏州纳米技术与纳米仿生研究所以往工作的肯定，更是对今后工作的鞭策。作为一名科技工作者，在今后的工作中他将和苏州纳米技术与纳米仿生研究所的同志们一起努力奋斗，为提高我国纳米科技发展水平，建立具有"一流成果、一流效益、一流管理、一流人才"的现代化研究所尽全力。

"创建'四个一流'是我们纳米所的方向和目标。"杨辉说。中科院从一开始就给他和苏州纳米所制定了这一奋斗任务。

苏州园区有一个中科院的科技前沿技术的研究所，这对园区建设特别是高科技发展具有引领作用。杨辉不负众望，来到苏州后的第一件事，就是招揽人才。"当时在我们手上有两块金字招牌：一是中科院纳米研究所，二是苏州生产基地。它既可以是学术研究单位，又可以是科技产品的生产地。也就是说，我们招揽的人才进入我们单位后，想从事科研工作和学术研究的，可以朝着博士、博士后的学者型、专家型方向努力；想成为科技产业实业家的，也可以大有作为……"

"科学事业就是奉献的事业，而且你得准备奉献一辈子，也有可能默默无闻一生。"杨辉说。

"现在整个纳米研究所赚钱吗？"提出这个问题，我立刻意识到有些幼稚。

杨辉又笑了："当然赚钱，而且赚不少呢！"

后来，园区的工作人员告诉我，在纳米技术这个领域，园区已经有几家上市公司了。

从宏伟的纳米所实验室出来，杨辉带我们到了另一个房屋看上去比较新的大院子，纳米所如今的行政办公楼就在这块占地80亩的新地方。在这里，我们看到了中国科学院苏州纳米技术与纳米仿生研究所业务工作的系统文字介绍：

> 根据中国科学院调整科技布局的规划，面向国际科技前沿、国家战略需求与未来产业发展，开展相关领域基础性、战略性、前瞻性研究。建设公共技术平台，为我国现代制造业与高新技术产业发展不断提供新的知识与技术，发挥国家研究机构的骨干与引领作用。

如此高端的定位，决定了纳米所在金鸡湖畔与众不同的分量，难怪园区工作人员悄悄地对我们说：这是这片土地上的一艘"科技航母"。

杨辉则在我们采访的小会议室里，用标准的学术话语介绍了他领导的纳米所的业务布局：

> 该所将有别于传统的设置方式，通过前沿学科交叉，把纳米科技与信息科学、生命科学和物理以及化学等学科结合起来，实现微电子技术到纳米电子技术的无缝过渡，开发智能型微观医疗诊断技术和微观治疗技术。纳米所成立以来开展了广泛的研究，比如研究新型的电子、离子和带电分子在固体、液体和大分子中的运动方式，来设计新

的固体纳米器件，合成新型分子器件和分子互联线，在此基础上通过模仿人类和其他动物对外界信息的接收处理方式来设计构造新型计算机；同时探索突破冯·诺依曼型计算机逻辑和架构，以及寻求新型计算机逻辑架构的硬件实现，以突破现有基于超大规模集成电路的计算机和信息技术发展的极限。研究药物分子和生物大分子在人体体液内的运动和传输、相互之间的生物化学反应，特别是研究它们之间在外场（如超声波、微波、紫外光、X射线等）调控下的化学反应和定向导引传输，在此基础上开发纳米级医疗手段和设备，在外界指挥下把药物导引到人体的特定部位，在人体组织器官的微观尺度内实现可控药性反应和治疗，充分有效治疗人体的病灶部位，完全避免医疗对健康组织的副作用，解除治疗导致的创伤和痛苦。利用纳米材料生长技术和纳米器件制造技术，利用相位控制工程，研究和开发纳米尺度二维和三维无源或有源的声场、毫米波、红外光波、紫外和X射线的相控发射、接收和成像系统。利用这种系统，结合动物昆虫的复眼等仿生技术，对运动目标进行全息成像、关联存储、模式识别，形成对多个运动目标的闭环监控，这将成为微观医疗设备、航空航天、汽车防撞系统和人工智能机器人等领域的关键技术。利用高精度纳米材料生长和工艺技术手段，来改进传统微电子产品的制造工艺，提高集成电路产品性能，特别是提高微电子产品的可靠性。研究所在创建和发展过程中将紧密结合知识创新、技术创新与区域创新，面向区域经济社会发展的需求，与国家创新体系各单元联合合作，推进科技成果转移转化，融入经济社会创新价值链。

"因为我们是纳米方面的国家队，所以除了科研和开发相关产品，另一个重要任务是为国家培养人才。"我已经几次从杨辉的口中感受到他对培养纳米人才的强烈意识。"纳米是研究微观世界的技术，但人是根本。纳米材料再微小和坚固，都无法与培养人才工程相比。尤其是我们中国未来能不能跟一些世界强国竞争，从某种意义上讲，就看我们在纳米工程方面的人才储备比不比人家强大。在这个意义上说，我们苏州纳米所，其实不光是国家纳米科技行业的航母，还是纳米科技方面的大学校……这一点我特别引以为豪。"

当我们问起苏州纳米所建设初期的经历时，杨辉颇为感慨："因为我们是中科院，从事的又是世界前沿学科，招人就是第一个困难，因为我们不能轻易地到大学和研究所去'拉'人才，那样容易造成矛盾。另一方面当时国内也确实很少有这方面的人才，所以我们招聘的几乎都是清一色的'海归'……'海归'人员回国工作，他就有些实际问题需要及时解决。这一点我特别感谢园区，可以说我在招聘'海归'的过程中碰到的所有困难，园区都无一例外地迅速帮助解决了，这样我们所才有了最重要的起步。

"而我要到国外招人，靠什么？新成立的研究所没有啥牌子可打的呀！但在苏州，我手上就有了两张响当当的牌子：一张是苏州，中国的人间天堂，没得说；另一张就是园区，园区在当时已经建设了十多年，海内外都有名气了。所以这两张牌一打，海外学子的心就活了起来。这个时候，我们又甩出一些优惠待遇等，再加上是发展国家的纳米事业，也让一些对祖国有感情的海外学子心潮澎湃、热血沸腾起来。我曾经也是'海归'，同一些海外学子交流的时候，他们会很自然问起我回国后的发展情况，那我就把自己当作活生生的例子介绍给他们听。这样一来二往，一批又一批的'海归'人员就被招到了我们所……"

杨辉就是一位"海归"，他拥有一颗对祖国的赤诚之心。在完成博士后学业义无反顾地回国后，他专心地致力于科学研究。当国家需要他在一个全新领域去跟世界上的强手争个高低的时候，他毅然离开北方的温暖小家，来到江南姑苏地。这里的纳米"巢"刚刚筑起，他就远赴美国等地，去向他的师弟师妹们介绍苏州纳米所——

"苏州那个地方好，就是'天堂'，一点不比别的国家差呀！"

"我怎么可能会骗你们嘛！如果我有哪句话说得不是那么回事的，你们怎么骂我都行。但有一点你们也要做保证：如果我说的跟你们看到的一样的话，我希望你们留在苏州，跟我一起干！一起把中国的纳米技术搞出些名堂来！"

杨辉说，他的研究所目前在苏州的员工共有1000多人，其中一半是生产一线的人员，另一半是科技人员，而他们中又有一半是"海归"，"这个比例在园区也是非常高的"。

一个科学前沿的研发团队吸引来的是更大的高精尖创新和创业团队。杨辉十分自豪地介绍，苏州纳米研究所自成立以来，由研究所自己培养的硕博研究生已达200多人，帮助其他单位代培的毕业生也有一两千人。"现在这支队伍基本上是我国在纳米科研一线的骨干了！"

一只大鹏飞来，引来一群鸥鸟；一艘航母启航，万千劲旅驰骋。杨辉和苏州纳米所就是"大鹏"与"航母"——杨辉自己是大鹏，他的研究所就是一艘带领中国纳米团队奋力前行的航母……

杨辉出生在天津，一座与大海相连的港口城市，他是从小在海河边长大的北方汉子。一直以来，他都喜欢独自在水边静静地观潮看水。"少时，一切好像都很匆匆。到了苏州，干了纳米，一切又变得宁静、细腻、安然……所以现在的我，喜欢独自在金鸡湖边、独墅湖畔悠然地走一走，吮吸那里的新鲜空气，然后想一想自己和研究所下一步要走的路，这样方向也就变得明晰，储蓄的力量似乎也更强大些。"作为远道而来的新"苏州鸟"，杨辉说，他的后半生注定与苏州工业园区这块充满生机的土地结缘，并且共荣共辉。

弹指一挥十五年，现在的苏州纳米研究所人才济济，研究技术水平也属世界一流。"尤其是我们科研论文的数量与质量，在国际上也是首屈一指的。我们的研究成果和产业也已形成，相当一部分的运用技术在国际上同样占有一席之地。"杨辉充满自豪地告诉我们，"国家交给我们所的任务是，要成为中国纳米技术的航母、世界同类科技的高地，现在我们可以自信地说：这个目标我们已经基本实现。今天的苏州纳米所，无论从人才、产业、成果和影响力，都在国际同行中名列前茅。"

在研究所的大装置实验室，我们遇到了知名美籍华裔专家丁孙安先生，他这样评价杨辉：虚怀若谷，高瞻远瞩。——"什么他都能包容、发挥，具有远大战略目光。2012年建起的这个大装置，就是具有战略眼光的项目，实现了不同客户的需求与共享。这在纳米研究领域并不多见。"丁先生是世界上仅有的几座纳米技术大装置的技术专家，他对苏州纳米所能够拥有这样的大装置特别赞赏。

"仅凭这台近十亿元投资的大装置，便见苏州纳米所的气魄与远大理想……"丁先生的脸上挂满赏识之意。

"我来到苏州的第二年，就把妻子和一家人都带到了这金鸡湖边。当时我们全家面对这片美丽的湖面，立誓从此要把生命的根须扎在这片土地上，用这些干净、美丽、能照出人心的湖水滋润我们的生命和事业。所以你注意到没有——我们这个研究院是没有外围墙的，我们前面的路叫'若水路'，我们的院子叫'上善苑'，寓意是开放、融合、创新。研究所的大院没有围墙，甚至连内部食堂也可以让外面的人进来买饭吃……这就是我们苏州纳米所的文化——上善若水，万里而不争，营造一个和谐共融的大天地。就像我们所研究的纳米世界一样：它虽然小，却又无限大；它既无限大，又细致入微、丝丝连情。大概我所理解的苏州特性也是这样，因此它千百年不衰，一代更比一代美。"杨辉真的是彻底登上了"爱苏号"！

其实何止杨辉，在苏州纳米所这艘中国纳米"航母"上，有数百位与杨辉身份相仿的"海归"科学家，他们之中又有不少人同时兼有"科技实业家"的光环。

徐科就是其中之一，他现在是苏州纳米所的副所长。在我采访杨辉后不久，中科院调整了苏州纳米所的管理班子，接任年至花甲的杨辉的是院士赵宇亮（学术所长）和主持日常工作的邓强。交接会上，中科院和江苏省、苏州市等都给予了杨辉很高的评价。而我们到园区采访时，关于徐科的故事也一直在耳边回响——

"他是园区的科技领军人才！"

"他把'镓'安在这儿……"

"他的'镓'可是了不得呀!"

开始我们都听岔了,后来才知道,原来徐科的"镓"可不是那个"家"。

镓是一种金属元素,它的熔点很低,但沸点很高。纯液态镓有显著的过冷的趋势,在空气中易形成氧化膜。这种金属元素具有广泛用途。

徐科现在既是纳米研究所的副所长,又是苏州纳维技术公司的老板,他创建的科技公司主要是生产氮化镓单晶材料。"我们知道,硅很重要,现在被我们称为第一代半导体材料,第二代的代表材料叫砷化镓,氮化镓则是第三代半导体材料的典型代表。我们公司现在生产的就是氮化镓产品。这个镓是从矿石中提取的,3.5克氮化镓至少可以做100台电视的激光器。所以我们公司的产品,现在非常紧俏!"徐科说。

注定是科技界黑马的徐科,也注定了与苏州有缘——他的"镓"不到苏州落户才怪!

在苏州园区,徐科这样的"70后"绝对算是成功人士。而我知道,能被园区冠以"创新创业领军人才"称号的人,也基本上都是国家级杰出专家。徐科确是其中之一。

徐科身上有一种粗犷的性格,一问才知他是内蒙古人。"我们今天能够幸福地成为'新苏州'人,这得感谢研究所和园区共同创造的一种有利于科技人才和科技产业发展的机制……"徐科的话引出了一个重要的话题:苏州工业园区在引进人才的同时,十分重视给拥有知识产权的单位和人才创造创业的机制和平台,即为科技成果铺道筑路。

徐科就是沿着这条路昂首阔步，成功地走过来的。他由此也开辟了一个势头非常好的产业，而这个产业是围绕苏州纳米所独特的资源优势所形成的独一无二的广阔市场。这让我们想起了采访杨辉时他提到的一个重要观点："我们苏州纳米所就是这样一艘'航母'，它作为'机动'和'平台'，搭载了无数'飞机'。航母本身只是一个载体，飞机才是根本的战斗力。航母搭载多少飞机，让飞机更高更远，才能形成更大的克敌制胜的战斗力，这时的航母才是真正的撒手锏！"

杨辉这个比喻很形象，他补充说，苏州纳米所成立以来，一方面承担着国家发展纳米的科研任务，另一方面就是要把全世界的有用人才，特别是中国的"海归"人才召回来，"让他们搭载着中国现代化建设的'航母'去实现自己的报国理想……"

徐科显然是这艘"航母"上的一架重型"战斗机"。

学金属材料学的徐科，在西安交通大学读研究生时，有一次听了一位院士所做的报告，受到了巨大震撼，那次报告的主题就是后来徐科所从事的纳米科技。"那一堂课对我影响极大，仿佛一下为我打开了一个全新的科学视野，也从此明确了我科学人生的方向——干纳米这一行！"徐科说。

2004年，徐科在日本千叶大学完成博士学业后回到祖国，用他的话说，是在中科院、北京大学整整"走了一圈"，最后确定了在北京大学当老师，"边教学，边继续搞纳米科学研究"。

"从学校出来后，我的方向是双向的：一是科学研究，二是科技产业开发。"徐科说，他属于"科学道路上不安分"的那种人，"喜欢干点名堂"。

数学家陈景润研究"1+1"，并以此作为他的终身事业。但多数科学家则致力于把一种研究成果转化为生产力，推进人类生活现代化，其意义同样重要。徐科认为，自己更适合后者。

"研究材料的人，能够让材料应用于社会生产的实际之中，这应该是件同样神圣的事。"他说。

但是徐科发现，在以教学和研究为主的院校，想真的做应用材料，尤其是新研发的纳米应用材料，遇到的第一个困难就是资金投入远远不够。怎么办？

"在日本留学时，我就听以前在西安交大的老师介绍过苏州工业园区，但没有来过。到了嘉定后，苏州园区的大名几乎天天有人在耳边念叨，念得我的心都跟着飞了起来……"徐科笑言。

"海归"两年之后的一天，他真的"飞"到了金鸡湖边，成为杨辉他们苏州纳米所的一员。

"太好了！这下我就可以鼓足干劲办公司了！"徐科就是这样把"镓"高高兴兴地搬到了苏州。

他和几位合伙人一起创办的苏州纳维科技有限公司于2007年5月正式成立。于是，徐科与伙伴们一起成就的轰轰烈烈的镓产业也由此拓开……

徐科的苏州纳维科技有限公司是苏州园区比较早的一批科技领军人才企业之一，主要从事氮化镓衬底晶片及相关设备的研发和产业化。当前，公司拥有核心技术专利20多项，是中国首家氮化镓衬底晶片供应商，其材料广泛应用于光电、显示屏等民用产品上，同时在军事应用上也十分抢手。"我们已经使中国在镓的运用上成为世界第一方队，而且都是自主知识产权产品。这一点尤其值得骄傲！"徐科说。

"镓"在苏州，服水服土，也让徐科等一批"海归"科学家有了充分发挥才能的广阔天地与清新空气。"现在，我们经常在国际同行的专业技术考试中获得第一名，也就是说，在镓的研发上我们国家的水平处在世界最前端水平……这是我最引以为豪的一点。"徐科认为，"这仅仅是一个开端，中国的纳米技术开发和应用市场还广着呢！"

在我们结束采访前，徐科说的一句话格外让人感动："纳米领域的'镓'已经在苏州牢牢扎根了，而我自己的'家'也在这片土地上生根了！"

是啊，苏州人杰地灵，家（镓）在此地，怎能不旺！而我知道，仅中科院苏州纳米研究所所属的科技人员开办的类似徐科这样将科技转化为产业的公司已经有50多家了。它们犹如"航母"上的一架架英姿勃发的战斗机，组成了新时代中国的强大"航母"战斗群，威震国际纳米科技舞台……

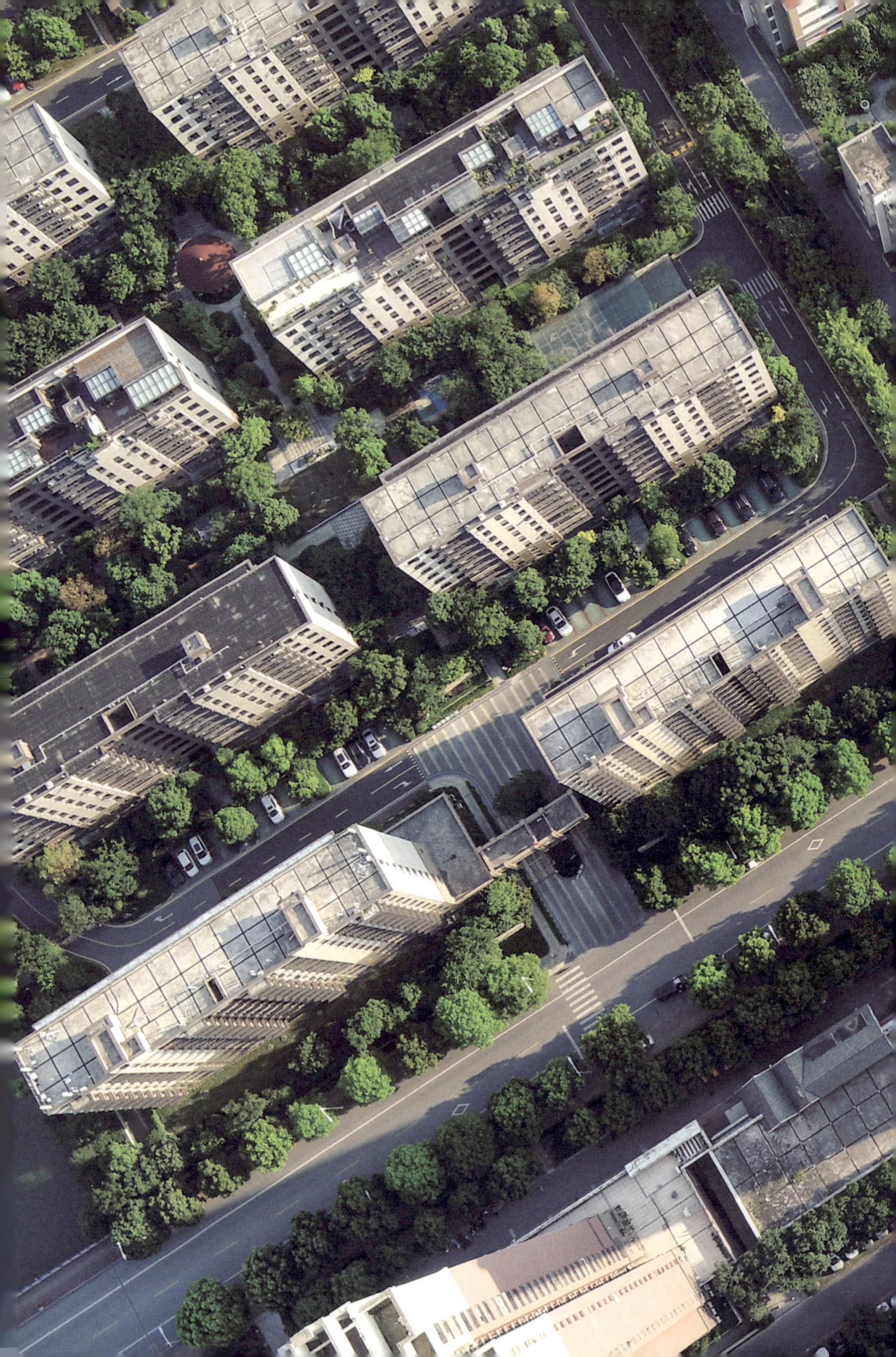

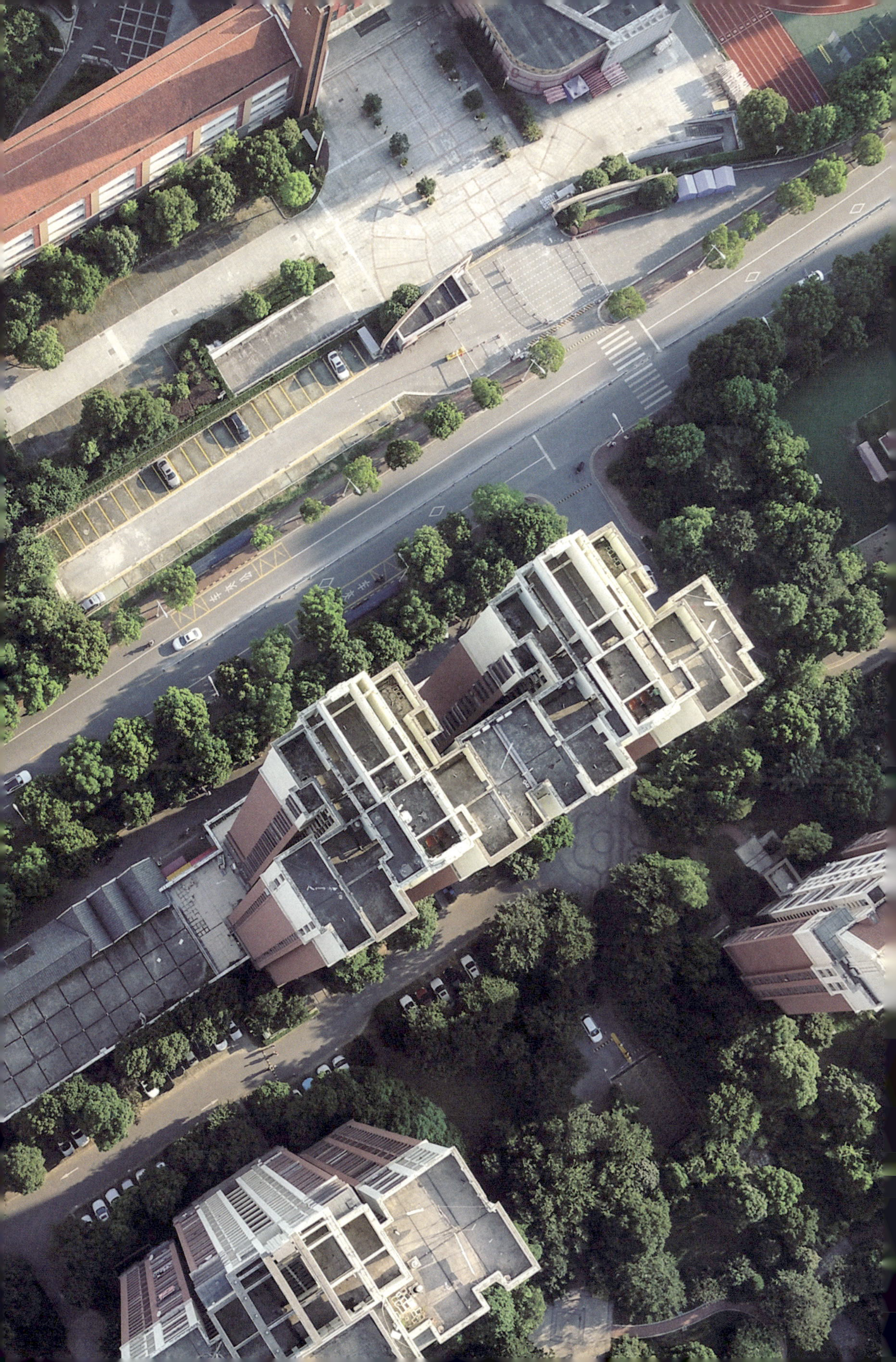

⬥6 一不小心把自己打造成了"机器人"

朱振友和他的合伙人林涛等人一起打造的"江苏北人"在苏州工业园区绝对属于"腕级"企业,那座占地近6万平方米的制造车间足以证明他们企业之"大块头"。如果你再有机会进车间看一看,那就是更强烈的震撼了。

机器人够厉害了吧?而朱振友他们的"江苏北人",是工业机器人自动化和智能化的系统集成制造商,实实在在是更加厉害的存在。

倒退二三十年,那个时候的儿童玩具中最抢手的要算"变形金刚"了。变形金刚是从日本引进的儿童玩具,日本之所以兴起变形金刚,是因为他们有强大的机器人产业。日本的机器人制造业世界一流,日本工业之所以在20世纪七八十年代迅猛发展,与他们以机器人为代表的智能制造业的发展与发达有着直接关系。从某种意义上讲,一个国家的机器人智能制造达到什么水平,可以衡量这个国家的工业智能化程度。

中国在这方面实在晚得太多了。中国人认识机器人是从日本制造的"变形金刚"开始的。稍稍回想一下三十多年前的那个时候,看着亿万儿童甚至成年人迷恋日本变形金刚玩具的情景,中国科学家不知有多郁闷。但最让中国科学家们难以忍受的是,在他们满怀真诚前往日本学习机器人制造经验时，日本人却扔过来一堆报废了的变形金刚，说："你们先把这些东西玩会了，再来看我们的机器人怎么劳动吧！"

实验室和机器人制造车间的大门"哐当"一声关闭，中国科学家被邻国晾在门外喝西北风……这样的情景，朱振友自己虽然没有经历过，但他听合伙人、好友林涛的父亲讲过许多遍。林涛的父亲林尚扬，是中国工程院院士、国内数一数二的焊接专家，开发的四种低合金钢焊丝被列入国标，并创造了多项世界级的焊接技术。然而就是这样一位国宝级的焊接专家，在他和中国其他工业工程专家到日本访问时，却被傲慢的日方机器人专家嘲耍过……被一起嘲耍过的还有林尚扬的熟人、中科院沈阳自动化研究所的蒋新松先生。

"你们？你们中国人也想造机器人？哈哈……给你们二十年时间，恐怕连这个都造不出来呀！"20世纪80年代初，蒋新松作为中国科学家代表团的一员访问日本时，那边的机器人专家就是拿着变形金刚玩具这么跟蒋新松说的。

"二十年？！我就不信！用不了五年我就造个中国机器人给你们看看！"蒋新松扔下手中的变形金刚，发誓道。那一刻起，所有认识蒋新松的人，都觉得这个外表柔弱的在长江边长大的江苏江阴人似乎变成了一个钢铁般的机器人。

后来，蒋新松用了两年多时间，就制造出第一台海洋水下操作智能机器人——"海人一号"，并于1985年底正式成功首航，在199米深的海底灵活自如地抓取指定物。由中国人自主研制的这台机器人，技术指标和性能达到了当时的国际水平，令日本同行大为震惊。之后，让所谓的机器人大国日本感到震惊的事更是层出不穷，到1995年，中国机器人已经可以潜至深海水下6000米进行操作了。

至此，中国机器人的制造技术水平已经完全可以同日本平起平坐了！

这是了不起的奇迹。然而就在此时，被誉为"中国机器人之父"的蒋新松不幸病逝。但是，为国争光的"新松精神"没有因此断了传承：沈阳新松机器人自动化股份有限公司正式成立；同时，全国各地的机器人研发风起云动，形成蔚为壮观之势；而中国现代化工业进程又促使中国机器人事业朝着更高质量、更广领域迅猛发展……

朱振友和林涛就是在这个时候成长为行业中朝气有为的青年才俊。他们开始了新的机器人事业的攀登征程。与之比翼的，当然还有苏州工业园区。后者是一个强大的实体，引进的是新加坡管理模式；它在改革开放的征程上虽然也历经沧桑，但毕竟因占据着"天堂"姑苏的天时地利而一路高歌猛进。相较之下，研发新一代的中国机器人，其过程显然要艰难得多。

国字脸的朱振友，总是笑眯眯的，现在看起来性格十足憨厚坦率，其实他经历的创业过程复杂、困苦得难以想象。

这个"理工男"秉承了北方人的性格和哈工大的基因：肯干、耐磨、有拼劲。焊接专业出身的他，从哈尔滨工业大学毕业后，华丽一跃，来到上海交通大学读博士。他一个普通的农村娃，就这样成了村邻眼里"状元中的状元",但朱振友对此毫无优越感,平静得好像根本不知道自己有多优秀。

他的座右铭里有着哈工大的校训:规格严格,功夫到家。"这是做工程师的技术要求,也是人格要求。"朱振友说。

抱着做一个出色的工程师的人生理想,2004年博士毕业后的朱振友进入上海通用汽车公司,成为这家大型中外合资企业里的一名普通车间员工。拥有博士学位的他当然不会浪费任何时间,他到这里的目的是了解和学习一家著名制造型企业最基础的工作和工种情况。

之后,他准备跳槽创业。

"中国需要自己的机器人,我们不造谁造?"准备跟他一起跳槽的还有他的好友、同为博士正在大学教书的林涛。林涛出生于中国焊接世家,父亲林尚扬完全支持儿子和朱振友的行动。

"但你可以晚一些出来,如果我没有在商海里淹死,你就过来与我并肩战斗。现在你还是先留在'岸'上,这样也好在我被淹的时候甩个救命圈给我……"朱振友对林涛说。

林涛想了想,说:"也好。我在岸头观潮,从另一方面协助你闯险滩!"

一对生死与共的好友就这样做了暂时的分工。

朱振友走出上海通用汽车公司之后,最初在上海注册了一家小公司,租用了一间76平方米的房子,开启了进军机器人制造的创业之路。"那些日子其实是很没有尊严的,我们几个名牌大学的博士生,每天坐在电脑前,啃着馒头加榨菜,再有就是一杯白开水……"现在早已是亿万富翁的朱振友不会忘记创业的艰难日子。

设计图纸一张又一张地印制出来，随后拎着挎包到处推销。但十有八九的客户是"摇头派"：机器人？我们现在连厂里的人都安排不过来活儿呢！弄台机器人干活，我们这些大活人干啥？

机器人原来并不受欢迎。

那时，社会还没有意识到劳动力的紧缺和大型企业用工的精细与标准化。朱振友和他的团队并没有丧失信心，他们继续不停地设计，不停地往外跑，直跑到天昏地暗。为了与客户交流，甚至凌晨两三点在人家的酒店门口蹲点，也是常有的事。

"最难的是，搞机器人设计和产品，投入大、见效慢。干了没有多长时间，我们几个合伙人所下的本钱搞光了，几十万下去还没有订单上门，这个比跳进了油锅还要命……"朱振友说到这儿使劲地搓起手来，那样子真的像是进了油锅。

"这个当口，突然有一天来了一份500万的订单，我们更是急得快疯掉了！"朱振友说。

"老板，我们还有钱接这活儿吗？"公司的同事问朱振友。

"这个……"朱振友说，他一辈子没遇到过这么尴尬的事，"盼星星盼月亮，好不容易来了个订单，却没有能力接活儿，你说尴尬不尴尬！"

试着借一二百万垫资把活做起来，等赚了钱再还债……朱振友这么想。可人家不这么想。

"如果你活儿干不好，赔了，公司又破产了，你朱振友拿一张破博士毕业证书来'还债'？！"

朱振友被羞得无地自容。

"后来到底怎么办的？"

"退了。把订单退还给了人家……我记得清清楚楚，这家订单的客户是上海的联明股份公司。"朱振友说，"现在联明股份是我们'江苏北人'的股东之一。当时他们很相信我们几个从上海交大出来干机器人产业的博士，所以把订单给了我们。但因为我们没有钱接这活，把订单退给他们后，反倒让这家公司特别关注起我们这帮人来了，慢慢地熟了，慢慢地看着我们干出了名堂，几年后竟然也成了我们的合伙人。这当然是后话。"

"在中国搞机器人产业，不仅要有科技实力，还要有巨大的资金支持。而我们当时除了手里捏着几张博士毕业证书，几乎啥都没有；当然，我们还有一颗为国家机器人事业创造创新的雄心。"朱振友就是这样艰难地铺开他的机器人梦想之路的。

"最难的时候，到银行贷款。说要抵押，我只好把自己唯一的房子押上了。结果人家说不行，你只有一套房子，不能做抵押。当时我真的要崩溃了……"忆及这段往事，朱振友眼中泛起泪花。

"振友，你不早说！我手头还有一套房子可以拿出来做抵押嘛！"这时，"岸上"的好友林涛对朱振友说。

朱振友真的感动得要哭了！

制造机器人，只凭"小打小闹"绝对不可能干得成。也就是说，想从事机器人制造，就必须有雄厚的实力，包括技术和资金，还有用地、工厂、劳动力、技术人员，等等。跳进商海里被"机器人"

第二章　丝丝如锦绣

死死缠住的朱振友，在创业之初的几年里苦苦挣扎，他在风雨飘摇中找不到光明的彼岸，想回头又已然看不见来岸……

他只能继续挣扎着。他紧盯世界机器人行业发展的机会，包括中国工业化、自动化进程的国家战略布局。

他不相信自己下定决心的选择换来的是一片"苦海"：没有钱，可以在电脑上描绘精彩的世界；没有客户，可以在电脑上大显身手。

朱振友干起活来，常常处于忘我的状态，再加上哈工大的精神加持，他的"纸上谈兵"也是唯美无比。

"老板，听说在杨树浦有个什么长三角会议，你去讲讲吧！说不准能够弄点事给我们做做呢！"有一天，同事从茫茫商海信息里"淘"到一个会议信息，报告给朱振友。

"去吧，反正没有什么事做！反正'阿拉'也只能凑凑热闹而已。"朱振友说着半生硬的上海话，应了。

"那个会议参会的人不少，我也没有弄明白会议到底是什么主题，也不知道该讲啥东西，就把自己平时做的一个介绍我们公司前景的PPT在现场讲了一通，讲完以后抱着电脑就回来了，连名片也没有向参会者们发一发……"朱振友说到这儿大笑起来，"你知道后来发生了什么吗？"

会是什么呢？我们猜不出来。

"知道吗，这是一个长三角的融资大会！来的单位和个人都是在长三角牌头响当当的家伙呀！"别看朱振友样子斯文，一说起事来，喜怒哀乐都挂在脸上，"会务人员后来告诉我，说我在这个融资大会上获得了第一名，意思是我的嘴皮买卖讲得最好、最有吸引力，投资商最感兴趣啊！"

"这下就不缺钱了嘛！"我们为他高兴。

"是的是的。当时会后就有一堆投资人来找我……其中最让我心动的有两家公司，一个是私募投资公司，还有一个就是苏州工业园区。最后相比之下，我们自然选择了苏州工业园区。因为苏州工业园区名声在外，又是政府的，加上我们在上海早已熟知它，所以毫不犹豫地选择了苏州工业园区。也是从这个时候开始，我们的公司和我个人总算时来运转了呀！"说到这儿，朱振友开

东方之门

怀大笑。

"园区的诚意确实让我们感动。他们不仅实力雄厚，而且说干就干，我们的'北人'公司马上在他们的帮助下在苏州正式注册，其效率简直让人惊呆了！"朱振友说，他和他的团队都是些"书呆子"，"搞图纸还行，跑工商、税务就跟要了命似的……哪想到这些难事，园区同志从头到尾全给我们'包办'了！"

其实，类似的话并非朱振友一个人说过，在苏州工业园区里，园区为企业"包办"跑腿事宜，似乎已经成为园区的工作惯例。"可以说，从园区引资招商第一天起，我们就建立了这种机制和理念，只要落户在此的公司和创业者需要，我们都会这样做，做到他们满意为止。"这大概就是苏州工业园区能够吸引投资者和海内外人才的秘诀之一。

作为一位奋斗在制造行业的高端人才，朱振友和他的机器人制造团队，自来到金鸡湖畔之后，用他的话说，"运气实在推都推不开"。

"你现在看到的我们'北人'公司如此壮观和气派，但2011年我们刚在这边注册的时候，只是个小得不能再小的公司而已……"朱振友说，当时他租了两辆小货车，把原来在上海杨树浦那个小公司的全部家当于2012年元旦那天，一溜烟拉到了苏州。

"除了22个人，就是每人一台电脑，再就是几把破桌椅……这是我们的全部资本了！"朱振友说。

到金鸡湖畔之后，可谓"一唱雄鸡天下白"！

新公司的用房面积达 2200 平方米,而且是免全年租金。"干了一年很过瘾,房子不够用了,2013 年又搬家,搬到了杨辉他们中科院苏州纳米所旁边芳洲路的一处新地方,面积达 4800 平方米,气派了一大截!"

"到了 2014 年,又不够用了!全公司的人员也增加到七八十人……所以只好又重新租了一个厂房。"

然而还是不行。"到了 2015 年,公司发展越来越快,我们给客户设计和制造的工业机器人自动化、智能化的系统集成解决方案设备已经到了供不应求的地步。没办法,干脆向园区提出买块地。很快,园区就批准了我们的要求,划出一块 38.4 亩的工业生产用地给了我们……'江苏北人'就这样'长大成人'了!"

此时的朱振友和他的公司,意气风发,一路凯歌。而他的老搭档林涛也在公司落户苏州之前被他拉下"水"。

"一变十,十变百,百变千千万……"进入苏州工业园区后的朱振友与他的公司如日中天,跳跃式地迅猛发展。特别是林涛等专家的全身心加入,使强强联手后的"江苏北人",在中国机器人制造行业中,以其强大的智能设计能力和良好的服务,赢得了广大客户。正当整个机器人行业蓬勃兴起、竞争异常激烈之时,"江苏北人"恰恰凭借自己的优势乘风破浪地向前,赶在了同行发展的最前锋。

2016 年开始,朱振友和林涛开始谋划更宏伟的发展蓝图,并通过三年努力,于 2019 年成功在科创板上实现了公司上市。"股票发行价是 17.36 元,挂牌当日涨到 30 多元,公司一下募到了 5 亿多元的资金……""穷"了近十年的朱振友兴奋得心都快要从胸口蹦出来了!

站在金鸡湖边的朱振友,迎着微风,目视远方,深情地说:"如果没有苏州园区这片土地,我的公司或许到现在还在过着不敢接订单的穷日子。没有想到的是短短十来年,我竟然也把自己和公司都打造成了'机器人'……

"告诉你们吧,我们现在年销售额已经达到 5 亿元了!这还只是个开头,中国的智能机器人市场前景不可限量!"

朱振友说得没错。"江苏北人"在金鸡湖的风华正茂之势,仅是交响曲的第一个篇章,更高亢的旋律还在明天、后天……

"北人",北方的人;"江苏北人",则是一群热爱苏州、眷恋金鸡湖的创业创新者组成的中国机器人制造团队,他们已经把自己打造成了坚不可摧的机器人。

其实在园区,像朱振友这样不小心把自己打造成"机器人"的"海归"还不少。

打走进苏州系统医学研究所的那一刻起,我们就深深地被一群知性的女"机器人"所感染——这里有一批思想敏捷、才华横溢的"80后""90后"博士,她们对科学和生命的认知、医学研究上的能力以及倾情工作的精神,如同"机器人"一般全面、系统、精准……

苏州系统医学研究所,全称为"中国医学科学院系统医学研究中心苏州系统医学研究所",是国家、江苏省和苏州市等几家单位联合创办的一个公益性医学研究机构,它一方面承接国家项目，同时为著名医学院和研究机构培养专门人才，每年承担着为相关院校和研究机构代培硕士、博士的任务，另一方面则更多地将精力放在专业研究上。

"走，我带你们到所里几个地方转一转！"干脆利落的研究所负责人带我们从一楼到四楼参观，边走边介绍，"现在全所有200多位研究人员，他们大多是博士或博导、研究员，'海归'占了相当大的比例……"原来，这里也是园区的一个"金巢"呵！

我们在研究所的"展示栏"上，看到了近20位包括诺贝尔医学奖获得者在内的医学院士团队；在"人才团队"展示墙上，则是一群年轻而英气的青年才俊，他们基本上都是海外留学博士或研究员，而且每个人都有一项或几项专业上的专长。

走出医学研究所，园区的工作人员又带我们来到科教创新区，指着一幢幢被绿荫遮蔽的楼宇，十分骄傲地说："如果你们想在这里采访，估计得花好几天时间，才能把一个个'海归巢'看个究竟。"

"海归巢"，这可是个新名词！

工作人员说，在园区，几乎每一个单位都是"海归"的聚集地。当你走进他们的工作区和生活区，所见者大概都跟"苏州北人"的朱振友一样，是如机器人一般的"工作狂"。"除了工作，好像在他们身上找不到第二个特征……"园区的工作人员笑言。而我们的内心也油然而生一句话：苏州园区就是一座大"巢"，一个巨大的成功的"巢"！

那一天，采访结束的时间比预期的要早些，于是我们在金鸡湖边停留了少时。恰巧遇见一群白色鸥鸟在空中飞翔，它们时而贴着湖面嬉水捕鱼，时而在高空展翅显俊，那欢愉的样子似乎在告诉我们：金鸡湖的"家"让它们如此流连忘返，如此幸福美满。

像朱振友这样从远方而来的"海归"们，不正是这样吗？

此刻，湖面和风习习，我们忍不住蹲下身，捧一掬清水，拂面而吻。嗯，是清爽的，又是甜甜的。

苏州独墅湖科教创新区地标性雕塑"升华"

万鸟归巢

苏州独墅湖科教创新区

第二章　丝丝如锦绣

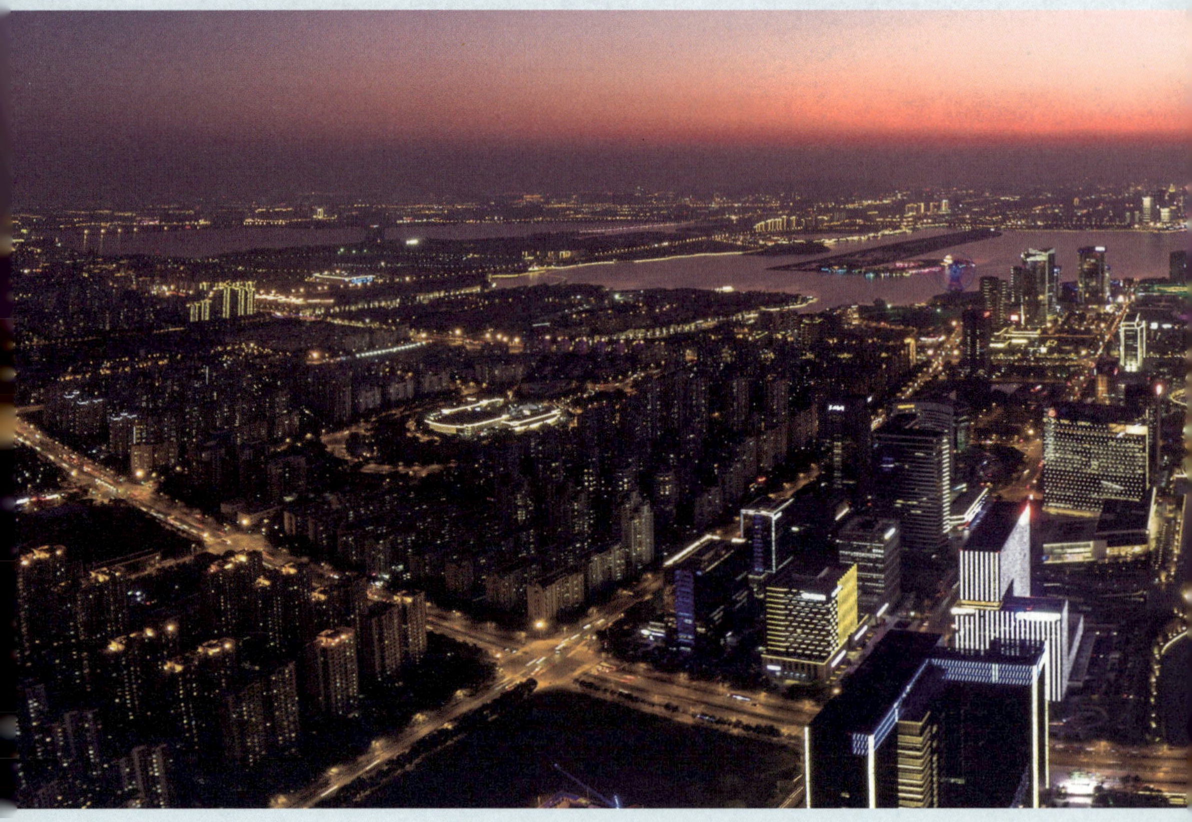

第三章

"芯"归姑苏

"我们这些人从回国那天起,就已经做好了思想准备,知道回来干肯定是要啃硬骨头的……"

"我回国就是为了能在熟悉的领域给自己的国家做点事……"

"大家想的事我们已经研发出来了,大家想不到的事我们正在研发……"

众多人才的蓬勃创业、锐意创新,与园区的策划和布局相结合,形成了产业集聚效应,共同成就了苏州式的"顶天立地"——

"顶天",瞄准当今世界最前沿、最高端的科技水平;

"立地",以接地气的发展形态,造福当地经济高速发展与社会全面进步。

在苏州园区有一句很响亮的话,叫作"顶天立地"。何谓苏州式的"顶天立地"?用他们自己的话来说,就是在产业发展上紧扣国家重大战略需求、区域经济发展重大需求、未来科技革命前沿技术三大重点,追求具有国际视野和世界水平的奋斗目标。

"顶天"与"立地"有着两层含义:前者瞄准当今世界最前沿、最高端的科技水平;后者则是能够以接地气的发展形态,造福当地经济高速发展与社会全面进步。从在金鸡湖边挖掘第一方泥土起,苏州园区便一直依照"顶天立地"四个字在建设、在谋划、在发展。所以,它也有了别处无法超越的"顶天立地"的光环与效益。

今天,当你走进这片绿荫掩蔽下的新工业园地时,这里的管理人员会骄傲地向你优先介绍入选首批"国家先进制造业集群"的"纳米新材料集群",它在全球的纳米产业聚集群中也是排得上号的。截至2019年底,苏州园区的纳米技术应用产业实现产值达到810亿元,累计引进的企业690家,仅产值超亿元的企业就有121家。而且,它辐射和促成了整个长三角地区的纳米产业集聚,全国一半的纳米技术企业在此共同发力,构建成中国特色的纳米新产业集聚地,对世界同类产业产生了广泛影响。

与纳米产业相呼应的是生物制药和智慧制造产业。在苏州园区"顶天立地"的策划与布局下,相关产业都获得了与纳米产业相同的集聚效应。

远古传说中,"补天"是因为有女娲;而今天,苏州园区的产业集聚效应是靠人来完成的。这一过程中,高端科技人才是根本和决定性因素；而在高端人才中，"海归"无疑是最核心的生力军。他们抱有怎样的心、怎样的态度和怎样的奋斗目标，这决定了一切。

在金鸡湖边，我们欣喜地捕捉到"海归"们一幅幅生动而精彩的剪影，见证了他们一颗颗怦然跳动的赤子之心。

⑦ 双手捧心而来

芯片制造，是当今世界科技界最抢手的高精尖技术，它几乎决定了谁是未来世界的主宰者。

而可以与之"平起平坐"的是稀有金属材料。稀土，恐怕是今天高端科技领域最离不开的一种材料了。业界有这样的说法："谁掌握了稀土，谁就全天候掌握了战场。"作为工业"维生素"，稀土是隐形战机、超导、核工业等高精尖领域必备的原料，提炼和加工难度极大，珍贵而稀少。

苏州园区的产业战略布局从来是最前沿的，因此围绕新技术革命的芯片制造和与之相关的新材料研发，一直是这片美丽土地上的人们努力奋斗的大事。而一群群从海外归来的"鸥鸟"之所以喜欢栖息在这里，除了因为优惠政策的吸引，更多的是因为产业链所带来的便捷和高效。还有一点，则是苏州园区的独特之处，那就是人与人之间的情感牵系。

如今在园区名气颇大的张德龙之所以能够安业、安心、安稳于金鸡湖畔，跟上述几点很有关系。

我们采访的开门话题，是他的专业。

"出国前，我在北大化学系学有机化学。我的导师是中国的'稀土之父'徐光宪院士，他应该属于新中国成立之后的第一批老'海归'吧！"张德龙看上去属于那种只会埋头工作而不善于言辞的科学家，但说起导师时，他的话里满含激情。

1951年，中美两军在朝鲜战场上打得你死我活之际，美国针对中国留学生回国问题正在制定一项法案。"走吧！我们一起回……"当时已经拿到博士学位的徐光宪携博士在读的妻子高小霞，冒着风险提前回到了祖国，两人后来被誉为中国化学界的"比翼鸟"。

徐光宪院士生前对一些运用稀土的科研单位格外期待。他曾无数次这样深情地对身边人说过："我有稀土情结，永远也解不开……"是因为稀土对科研太重要，还是中国的稀土对世界太重要，徐光宪院士没有说，但我们可以从他一生的"稀土情"中感受到一位稀土专家的爱国情怀。

今日中国是世界上最大的稀土生产国，并且拥有最完整的稀土产业链。然而，我们也曾因为缺乏技术支撑而长期受制于他人。多年前，由于萃取技术不过关，中国不得不低价出口稀土精矿和混合稀土，再以几十倍甚至几百倍的价格购进深加工的稀土产品。张德龙在北大学习时，听导师徐光宪说过他是如何打破这一尴尬困局的——

1972年，徐光宪教授所在的北京大学化学系接到了一个军工任务——分离镨钕。镨钕，在希腊语中是"双生子"的意思，是稀土元素中最难分彼此的一对。分离镨钕在当时是国际公认的大难题。"中国作为世界上稀土资源最丰富的国家，却只能长期出口稀土精矿等初级产品，我们心里不舒服。所以，再难也要上。"

这是年过半百的徐光宪人生中第三次改变研究方向，理由只有一个：此时此刻，祖国需要我。

那个时候，镨钕分离所采用的是离子交换法，其缺点是生产速度慢、成本高。徐光宪大胆提出了采用萃取分离法来实现镨钕分离。当时在国际上，稀土萃取化学还是一门并不成熟的新兴学科，但这难不倒曾长期从事核燃料萃取分离的徐光宪：他带领学生查遍了国内外的相关资料，终于在美国人因失败而放弃的推拉体系中找到了灵感，自主创新出一套串级萃取理论，把镨钕分离后的纯度提高到了创纪录的 99.99%。然而，对于徐光宪来说，这只是传奇的开始！

把已经成功的串级萃取理论真正应用于大规模工业生产，这是徐光宪遇到的另一个更大的问题。

中国的科学家从不畏惧困难，他们可以用最原始的手段完成最尖端的科学技术任务。当年的"两弹一星"如此，徐光宪为了解决稀土攻关难题亦是如此。为获得准确参数，他同样不得不使用烦琐的"摇漏斗"法来模拟串级试验，而这整套流程下来耗时达一百多天，倘若得不到满意的结果，一切又都要从头再来。那时，徐光宪与学生就是这样反复多次地"摇漏斗"……

除了教书，徐光宪每天要去"摇漏斗"十多个小时，平均一周八十多个小时。他白天"摇漏斗"，晚上琢磨理论，白天黑夜连轴转。

经过反复实验、不断优化，最终徐光宪将原本复杂的稀土生产工艺彻底简化，使原来需要一百多天才能完成的模拟实验流程缩短到不足一周。

这，让中国的稀土分离技术走在了世界前列，至今仍是让美国、日本等稀土运用最广泛的发达国家的科学家们不得不佩服的"中国绝招"。

老科学家对国家的贡献堪比泰山、黄河，但徐光宪院士最得意的则是另一件事。他在九十岁大寿时说："我最幸福的事情，就是教出了一批学生。"当然，这里面就包括已经在苏州落脚并干出名堂的张德龙。2005年，张德龙从美国回国，在苏州工业园区注册公司准备大干一场。

其实，作为导师的徐光宪院士更希望张德龙往学术方面发展。但相比学术研究，张德龙更喜欢发明新产品。因此，他默默地耕耘在金鸡湖边这块土地上，从不感到孤独和辛苦。

张德龙说，其实他在苏州没有任何根基，由于不善言辞与社交，他即使到现在仍然"单枪匹马"地干着很"孤独"的工作，"但我很充实，内心是幸福的，因为当年我是捧着一颗滚烫的心回到祖国的，到了苏州园区后大家也是用一颗颗更加滚烫的心来对待我的，所以我的事业才有了今天……"

从1979年考入北京大学化学系到博士毕业，张德龙在北大整整待了十年，他的专业主攻方向就是稀土配位化学。1994年，他自美国堪萨斯大学毕业，又拿了一个博士学位。后来，他在美国太平洋西北国家实验室就读博士后。之后，又在世界500强企业之一的美国普莱克斯公司担任高级研究员，在长达十年的时间里专门研究新型气体吸附材料和气体分离与纯化技术，即用于制作下一代芯片的原子层沉积（ALD）MO 源的研发。

在美国任高级研究员的薪金非常高，待遇极好。"为什么想到回国创业？"这个问题几乎需要每位"海归"叩问内心来回答我们。实际上，他们也都愿意捧着心告诉我们。

"在美国待了十六年，其中工作了十年。这期间，看到自己的国家发展迅猛，很激动。但也感觉有些科技领域的科研技术跟不上美国的研究水平，所以有了想回国帮国家把科研水平搞上去的念头。"张德龙说得诚恳而不张扬。

2005 年，并不喜欢大城市的张德龙，从异国他乡归来之后，在无一人相识的情况下，捧着一颗对祖国的赤诚之心，独自来到人生地不熟的苏州。"那时因为苏州园区已经声名在外，所以我在美国做了些粗略了解后，便选定了这里作为回国创业的落脚地。"如今已经在园区有了自己生产基地的张德龙，指着他的厂区，回忆起十五年前的往事，依然颇为激动，"当时我在这里一个人都不认识，跟着我来的就一只双肩背包……"

我们不妨想象一下：一位在海外的世界顶级公司工作了十年，已经获得相当待遇的高级研究员，独自背着双肩包来到苏州金鸡湖边从头开始创业时，他的脸上是什么样的表情？

"有些迷茫，也有些自信。"已经是公司老板、著名科学家的张德龙顿时有些不好意思起来，"那时不认识人，口袋里也没有钱，公司的注册资本总共 160 万元，在园区就是一个谁都不知道你会不会成功、会不会半途而废的创业者。虽然我的资历比一般创业者强一些，但我研究的专业和想开发的产品，说实话，

在苏州工业园区扬帆起航

一般人根本听不懂,加上又那么点注册资金,谁都不会看好我的未来!"

这是实话。

"但我对自己唯一有一点自信的是,我要做的事、想研发的产品,在国内基本没有人涉足,即使在世界上也是很有前景的。"

这是张德龙的自信所在。

他给公司起名"威格气体纯化科技公司"——名字太专业,光看名称你都弄不太明白它到底是做什么的。

"就是开发有关气体纯化技术的产品,包括吸附材料、气体纯化技术和气体纯化设备。产品之一是惰性气氛设备,因为小设备会安装手套用于操作,因此俗称'手套箱',是用于隔离空气中的氧气、水分的工具,在化工、生物、核工业、锂电池等新能源领域中都有广泛用途……"张德龙一番介绍,我们仍然似懂非懂,只能模糊地感觉到它在科技前沿有广泛的应用前景。

张德龙自己也笑,说:"别说你,就是我刚开发出产品后,向相关行业的人介绍时,他们也是半懂半不懂。所以我就拿着图纸,带着样品,一直扮演着推销员的角色。"

但张德龙"威格"的产品实物则很容易让人明了所谓"手套箱"的含义:一个不知什么材料做的箱子,上面伸着一双"手"。张德龙带我们参观了他的部分产品,他指着一台台大小不一的"手套箱"样机,说:"它以超高纯气体纯化经验为基础,内部是高效的除氧除水净化的系统,为新材料制造、高精密产品生产提供高清洁度的制造环境……"

不懂科学内容和科技产品的我，却对"手套箱"的生动外形看得明白：它仿佛像一个巨人伸着双手，随时等待着为他人服务，随时准备付出和贡献。

呵，它怎么就像是张德龙本人呢？它太像科学家张德龙了！它确实就是回国来到苏州园区干事业的张德龙——你瞧，那伸出的双手，向着的是祖国，以及祖国有需要的那些人与行业……虽然我们看不到表情，但是能从那双"手"的姿态中看到一颗赤诚与虔诚之心，似乎在向祖国和世界呼唤着——

请接受我的服务吧！

请让我们正在崛起的祖国更加快速地发展吧！

这确实是不善表达的张德龙的心声。

"是是！是有点那个意思……"张德龙被我的"艺术畅想"所感染、所感动，眼里闪着泪光。

张德龙介绍说，他的这个"手套箱"虽然看上去很不"高科技"，但用到了一项叫"气体纯化"的前沿技术，也就是根据不同的需要制造超高纯工业用途气体的技术，这在化工工业、核工业、显示面板、锂电池行业的用途非常广泛，并极为重要。然而，这样一个起步阶段的小公司，这样一位不会吹嘘的总经理，又没有那些光芒四射的名头，因此在最初创业时，打开产品市场全靠他亲自出马。好在他毕业于名牌大学北大，导师是"稀土之父"徐光宪院士，又在美国的世界500强企业当过十年高级研究员，他凭借深厚的专业背景和基础，让那些并没有用过"手套箱"的单位与机构慢慢地接受了他的产品。

"创业初期确实很可怜，带回来的20万美金作为公司的注册资金，在园区一个不起眼的地方租了一间办公室。估计在园区每天都有好几个像我们这样的小公司在注册启动，大多不会受到特别的关注，属于自生自灭的命运。我也面临同样的命运：没有充足的资金实力，也没有像样的规模性产品，对市场也很盲目。但我内心始终抱有这样一个信念：西方亮过的月亮，在东方早晚也会亮起来，而且中国发展这么快，我手中的这个'月亮'必定也能亮起来，而且亮得更圆！"看上去柔弱的张德龙，其实内心很强大。

"我把在美国学到的知识全部用在开发上，前后花了一年多时间，制造出了第一台'手套箱'，十几万元卖给了一位大学教授，他需要这样的设备进行科研。"张德龙说，第一次买卖他没有赚钱，但特别开心。这是他回国后第一次将理论转化为生产力的实践。

"有了第一次，就会有第二次、第三次……我就这么在苏州园区站住了脚。"科学家的创业之路并非都那么金光灿烂，汗水和心血凝聚的皆是艰苦与辛酸，当然最后是丰收的喜悦。

"威格"也是这样蜗行牛步，却踏实地走到了全国相关领域的各个角落，其产品也为中国稀土材料制造、化学工业产业、核工业等诸多行业所接受与运用。不要小看张德龙的"手套箱"，这个看上去不怎么"高精尖"的气体纯化设备，之前在国内却十分稀少，由于当时大家不太懂得这项技术的"窍门"，又被国外仗着所谓的"核心技术"所垄断，这种设备卖给中国人动不动就是几十万元——进口设备的价格十分夸张。而张德龙的"双手"一托出，进口设备就大大贬值；而且，张德龙他们的"手套箱"

在技术水平上也超过了进口设备。最后,"威格"生产的纯化"手套箱"每台定价为17万元,彻底"打"跑了外国货。OLED显示面板生产线上用的所有惰性气氛设备完全依靠进口,而"威格"产品已经通过了龙头企业京东方的验证,并获得客户的好评,以其更先进的技术和性能,完全替代国外产品指日可待。

一位叫托马斯的德国同行来到苏州见了张德龙,看了他的产品,说:"你把公司卖给我吧,给你个大价钱,怎么样?"

张德龙摇摇头,说:"No!"

"为什么?嫌价格低?"

张德龙依然摇头,说:"我回国就是为了能在熟悉的领域给自己的国家做点事,如果公司卖给你,虽然我本人可以当富翁了,但对国家而言并不是件好事,所以请托马斯先生谅解。"

托马斯感动了,说:"好吧,既然你不愿卖给我,那么我把自己'卖'给你吧,我帮你把国际市场打开……"

"托马斯先生于2019年来到我的公司,任总经理,现在我们在国际上有30多个国家的市场主要靠他。"张德龙说。

今日的"威格"早已不是张德龙刚到苏州时的情形了:它已经建立了完整的系列"威格"产品——小到比行李箱还小的设备,大到楼房一样高大的重型设备;而且创造了许多世界"唯一"的高精尖成果,比如类血红蛋白氧气吸附材料,在全球独一无二。

十几年前,张德龙背着双肩包到苏州闯天下,一只脚踏上这块土地后就没有挪过地方,只是他创业的规模越做越大,公司前后搬家六次,到现在有独立的30亩地的厂区、3万平方米的车间,带来50亿元的市场……这就是一个手捧丹心的科学家和创业者所走过的历程。

时间并不很长,在行进的时候也很少听到铿锵的豪语,默默地像头黄牛耕地,一直到达希望的彼岸……张德龙自己说:"我生来笨嘴笨舌,干事情也比较慢。但我喜欢这样,比别人干得慢一点,心里反而踏实点。干得小一点,也没关系,只要心是暖的,园区看得起我,客户用得着我,这就够了!"

张德龙刚回国时是一个人来到苏州的,他的太太当时仍在美国上班,还带着读高中和小学的两个孩子。现在,太太也到了苏州,家里的老大已经参加工作,老二正在上大学,一家人常在金鸡湖畔团聚,其乐融融。

"今天的工作和生活都很好,完全超出了我回国时的想象。我没有背景,更不认识这里的任何一个人,但现在我已经是个苏州人了,并且特别爱这块土地,想不出现在能有什么东西可以把我从这片土地上拉走!"采访张德龙是在他的办公室里。他的办公室在厂房区的楼顶,办公室通着楼顶的花园式凉台,很大,很"苏州"——有亭台楼阁,有小桥流水。

张德龙开心地说:"客人到我这儿,总赞美这个地方,说你的厂就像家一样,我说这里就是我的家嘛!"

这话很暖心,也是一位"海归"的肺腑之言。

⑧ 若水清文

有的人在荒凉暗黑之地一出现，就好比金光闪闪的太阳；而有的人宛若天宇中的一颗星星，你或许根本发现不到它的存在和光亮，但其实后者的能量和光芒远远超过前者，只是因为宇宙浩瀚，本身无比巨大的星星在天际之中才显得微不足道而已。假如换一个角度，星星压垮整座大山宛如大象踏踩蚂蚁一般……

在苏州园区，中科院苏州纳米所如前文所言，其规模是"航母"级的块头。副所长李清文在这艘"航母"中也绝对是不容忽视的存在。但她又与杨辉不同，属于另一种英雄式的人物。

李清文的本科是在新疆大学读的，随后到了山东大学读硕士，而后"蹦"到了清华大学攻读博士，再后来又到了北京大学继续博士后学习。这"三级跳"非常完美，实现了一个学子在中国最著名学府的学业之旅。刚上大学时，她对纳米充满了好奇：肉眼看不见的纳米，能发挥什么样的作用？学着学着，她突然发现，纳米虽小，可它背后的世界却很大。这个以小见大的世界，李清文一进，就是将近四十年。

像纳米这样的专业，人们几乎都是在安静的实验室里工作和学习。所以，李清文在她的性格与生活中，本能地成就了"清"与"文"——似乎有些命中注定。

从事科研必须经得起坐"冷板凳"的清苦，做科学实验必须清心静气方可有所作为，几任导师都曾这样对她说。他们也看好这位清清爽爽、文文静静的女学生和女科学家——从学生时代到现在，她的衣着打扮，包括鼻梁上的那副眼镜，都未曾改变过。

如今，她在苏州园区若水路的纳米研究所工作，担任副所长一职。这不仅是对她工作能力的认可，也给予了她更大的平台。但尽管如此，职位上的变化始终改变不了那个清爽、文静的李清文。

不知是谁将这条通向一群科技研究机构的道路起名"若水路"。"若水"在古汉语中，解释为像水一样淡泊宁静，意指人的最高境界的善行——至柔至纯，与世无争，包容一切，心怀天下。从事科学工作的人，大概都需要这种境界；从事微观世界物质研究的人，大概更需要这种素质。

2007年，李清文放弃在美国优越的工作条件，回国加入中科院苏州纳米所团队，从此与她梦想中"若水天堂"的苏州结缘至今。在2017年庆祝自己回国十年时，她发表了一段很感人的心得：

弹指一挥间，不知不觉在这座城市度过了十个春夏秋冬。从小在北方成长的我，怎么也没想到会在苏州开启新的生活之旅。

这十年，我已脱胎换骨成为地道苏州人，适应了这里湿热的夏天、寒冷的冬天，喜欢上了清新温婉、百花争艳的春季，以及桂花飘香、五色醉人的秋季。

这十年，我见证了园区和中国科学院苏州纳米所的快速发展。刚来独墅湖高教区时，人员稀少，纳米所是唯一颇有人气的单位，街道上少见有车辆穿行。每天大家乘坐班车一起上班、下班，对于刚回国的准单身们来说，颇有在世外桃源的感觉。大家在这里有幸成为高教区初期建设者和发展过程的见证者：一座座建筑拔地而起，一个个领军企业落户于此，一群群青春洋溢的年轻人成长起来……一年又一年，我亲身经历和感受了长三角地区经济的飞速发展，以及园区特有的风格和速度。赶上这样的发展风口，我个人也有机会实现很多挑战，尝试多种不曾想过的经历：有了自己的实验室，从 100 平方米发展到现在的 2000 平方米，把碳纳米管纤维和薄膜最终变成了产品……倘若十年前选择留在北京，或许此刻就没有这么多值得回味的地方了。人生选择是机遇，更是缘分。

与苏州结缘，始于园区纳米，源于朋友的推荐以及杨辉所长的信任和支持。想当年，我在美国 Los Alamos 国家实验室拿着高薪和多次获奖的成果，选择回国是心怀梦想和追求的：我想通过努力把碳纳米管变成能为人类造福的产品。到园区那一年，赶上了金融风暴，有机会跟着院里起草了当地产业发展规划的建议，现场参观了若干家企业，渐渐被企业家精神所感染。一次次参观学习，让我更加坚定了要走出论文，坚持做出一件实事的想法。纳米所的建设、园区纳米产业协同发展以及地方强有力的支持，为我们提供了做事的平台。虽然一切都要从零开始，一路伴随太多辛劳和心酸，但坚持下来回头再看，却是一笔难得的人生财富。

纳米技术以小成大。作为苏州纳米所的建设者，我有幸看到研究所在国内外的影响力逐渐形成，研究成果层出不穷，有些成果已实现转化。这其中，也包括我们团队的碳纳米管纤维与薄膜技术。团队十年的坚持，让碳纳米管连续制备技术越来越成熟，在性能调控与应用方面，我们团队也得到了国内外同行的高度认可。目前，高导电碳纳米管纤维和薄膜产品已经进入市场，为用户在防护、健康、环境等方面带来了全新感受。我们期待碳纳米管作为未来改变世界的新材料，通过我们的努力，能有更多的技术和产品来改变我们现有的生活方式，更好地服务社会。

园区是一个开放而包容的地方，在创业和生活环境等方面堪比美国硅谷。作为纳米产业的推进者，我们要做的、可以做的事还有很多。不忘初心，砥砺前行；有坚持，就一定有收获。

在研究所的联欢会上，李清文用一首《在路上》，轻轻地唱出了她的"十年姑苏"情缘：

那一天／我不得已上路／为不安分的心／为自尊的生

存／为自我的证明／路上的辛酸／已融进我的眼睛／心灵的困境／已化作我的坚定／在路上／用我心灵的呼声／在路上／只为伴着我的人／在路上／是我生命的远行……

认识李清文的人都对她有一种共同的印象——一位标准的知识女性，脸上总是挂着淡淡的微笑，双目里透着真诚，眉宇间则又是一股智慧和理性的清爽之气。"她不在苏州出生，却犹如标准的苏州细娘。"苏州人这样评价她。

"我的研究世界里需要一种特别的宁静，静到能听得见自己的心跳，也能听到旁人的心跳，也许只有这样，才能专注于对微观世界的理解和精准捕捉……"李清文的科学世界是纳米，纳米造物似乎成为20世纪末21世纪初人类最重要的科技革命之一，它正在日益改变着人类对物质世界的新认识、新运用。

关于物质世界到底是否有"造物主"这一问题，科学大师们几乎都在最后的探索中败下阵来，得出的结论是，如果世上没有"造物主"，为什么我们这个星球上的所有物质如此完美，比如江河山川、男女雌雄，等等。然而，另一类依然在探索的科学家们又说："有一天如果能按照自己的愿望任意摆布原子的排列，人类就将成为真正意义上的'造物主'。"这是著名物理学家理查德·费曼在1959年发表的高论。自那以后，人类孜孜不倦地探索了六十多年，关于原子的重新排列和纳米技术的研究实际上已经取得巨大成就。我们之所以在探寻宇宙、攻克如癌症等疾病方面取得了重大突破，其原因就在于物质微观世界领域的突破性进步。

李清文所从事的就是这一领域的研究。2001年她自清华大学化学系博士毕业后,来到北京大学化学与分子工程学院做博士后研究。这对她来说是关键性的一步,因为在导师的指导下,她开始对纳米有了基础知识以外的理解,并从此与纳米如同好友一样携手并进。

2005年,她来到美国Los Alamos国家实验室。能在这样的机构工作,对于出生在发展中国家的科学家来说,也就意味着踏入了通往诺贝尔奖的高速大道。就在熟识李清文的人猜想她即将定居海外时,李清文却出乎意料地带着技术和报效祖国的信念,毅然回到了祖国,来到了苏州工业园区,加入了纳米研究所。

这是2007年的事。李清文清楚地记得,她来苏州的那一天,细雨蒙蒙,姑苏秀丽的景致让她心里有种"爽爽的美",研究所的同事们精心为她准备了一顿正宗的苏州特色小吃,来迎接这位即将成为新苏州人的重量级"海归"……

回国后,李清文一头扎进纳米世界里,但以前的熟人和同学听说她回国"躲"在苏州,都觉得有些不可思议——像她这样在美国已经进入国家实验室的人,怎么可能甘心"默默无闻"呢?莫非是她个人遇到了什么异常不顺心的事?

李清文听闻笑了,她淡淡地说:"我回国,到苏州工作,没有什么其他原因,就因为在美国时,一种不服气的感觉常常搅动着我的心:明明许多重要的科学发明和工作是我们中国科学家做的,最终成果却从来不能成为自己的,总被他人享用和控制着。

这是不公平的！所以我想，只有回到自己的祖国才能干出前途，真正为国家服务。"

从每一个字的语调中，我都深切地感受到一份浓浓的爱国情怀，又听到一颗赤诚丹心在怦怦跳动。

然而，毕竟中国的科技发展水平和研究条件与先进国家相比仍有不小的差距，当时的苏州纳米研究所正处于起步阶段，在人力和财力方面都无法与李清文之前工作的美国国家实验室相比。

"我们这些人从回国那天起，就已经做好了思想准备，知道回来干肯定是要啃硬骨头的，但真到了干的时候才发现，这'硬骨头'远比我们想象的还要硬呢！"李清文谈起往事，不无感慨。

"因为什么都缺，所以当时所里领导自然希望每一块的研究人员都得有考核指标。但我又觉得应该着重对未来的目标做出预期，所以提出三年之内不考核。"李清文又说，"其实不考核的压力并不比考核小呀！你得通过事实和成果来表明你是行的，你的研究方向是正确的，这样所里才能认可你，才能把整个所建设成我们真正需要的可以同世界一流纳米研究所拼搏的机构。所以那时，大家的压力完全来源于自己的内心……"

内心的压力是最蓬勃、最硬核的驱动力。初始的苏州纳米研究所远不是今天我们看到的这样气派，甚至连一般的公司都比不上。研究所的科研工作是真正的"白手起家"——人员自己找，经费自己找，研究方向自己找。李清文面临着同样的窘境，对从世界一流科学研究机构"跳出来"的她而言，这种"一穷二白"可以算得上是前所未有的考验。李清文清楚地记得，为了争取项目，她不知花费了多少日夜，亲笔起草项目书，然后带着这些项目书去全国各地寻求合作。

为了创制研究所需的催化剂，她所在的部门东拼西凑买了台电子束蒸镀设备。但光有设备，催化剂如何来制作？李清文不得不带着团队泡在实验室整整九个月。那些日子，身为科学家的她像极了锅炉工人，"科学实验就是这样，它就是仙山琼阁，我们必须贴着地步行前往，而且不能图省心少走一步路。"李清文经常用这样的精神来激励自己和鼓舞团队。很长一段时间里，李清文他们就是研究不出所需的催化剂材料，任凭如何反复实验，结果总不理想。李清文带着百思不解的难题，来到西安开会，会议交流期间，一个突发奇想让她找到了灵感。回苏州后，李清文与团队重整旗鼓，做了全新的布局，结果只用了一个月时间就成功"攻城"。

之后，她又带领团队在此基础上，成功攻克了轻质高强碳纳米管纤维——在国际上被称为"终极碳纤维"——的研发。

从一名研究学者到一名纳米专家，再到纳米领域的世界级"碳纤维管"权威，这就是李清文在苏州十余年间所走过的"若水路"。这条路有波浪翻卷时，有惊涛骇浪时，但始终不变的是一位科学家淡泊名利、成就卓越的"若水"本色。

这就是"若水路"上李清文的故事。她波澜不惊，却充溢着光亮，给人以无限榜样的力量。

若水依然。

清文常秀。

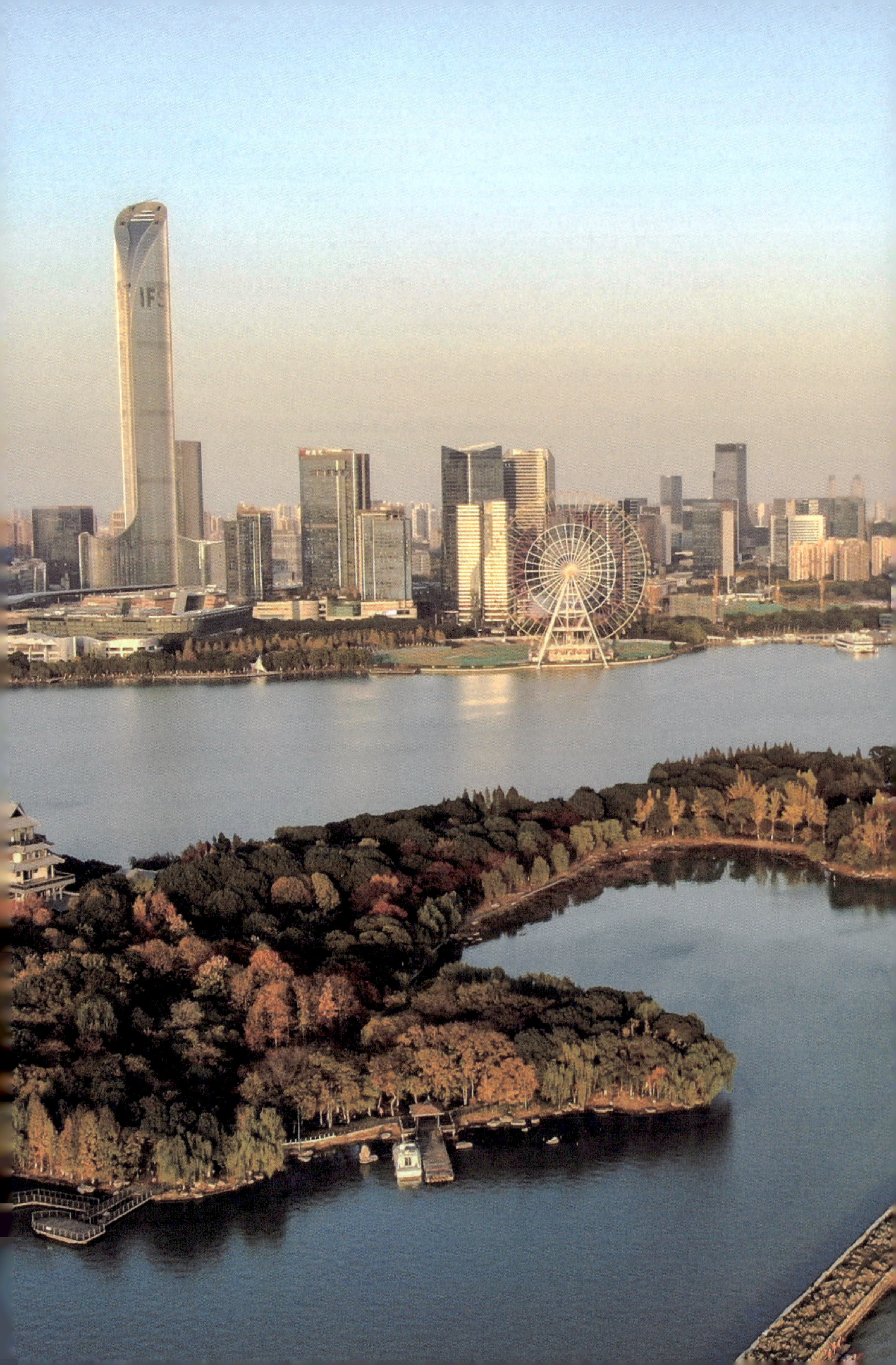
IFS

9 听涛者的心思

一直想探究一家名叫"思必驰"的企业和它的老板。这天,我们如愿见到了"思必驰"董事长、创始人高始兴。

"你的名字太好,'高兴'中间加个'始',总是让所有的事情从高兴开始……"我跟他开了个玩笑。

高始兴笑了:"对对,是有那么个意思,我这个人就喜欢做前人没有做过的事,也喜欢把好事做在别人之前,所以一直很高兴。"

果不其然,"思必驰"老板的反应能力和表达能力都是一流的,难怪称"思必驰"。

高始兴是山东人,从东北大学毕业后去了英国伦敦留学。"所有的中国留学生应该都经历过语言不过关的痛苦,我也是其中之一……"高始兴举了一些让人发笑的例子,事实上,当年出过国的中国人几乎都碰上过这种尴尬。

我由此想起自己第一次出国到加拿大的情景。因为语言不通,外语几乎是"文盲"级水平,所以在北京机场办登机手续时就紧盯着一位同去加拿大的中国博士——她是出国留学,又是博士,说自己"英语六级"。于是我想,只要紧盯着她,就不会有问题了。哪知到了温哥华,出机场时我俩结伴而行,我负责看守行李,她去问询，但每一次问询回来她都很沮丧。我问原因，她说她讲的英语人家根本听不懂。我听后差点没笑出声，心想：瞧咱老师教的"中国英语"，谁懂呀！当然，像我这样的外语"文盲"，更没有资格说人家了，因为我连口都不敢开。

那一次出国，我吃尽了不会说英语之苦，几乎把"知识分子"的脸都给丢尽了。由此我知道了语言有多么重要，在世界范围内的语言交互又是何等重要，假如没有语言交互的畅通，这个世界就是一个互不来往、容易造成万千误会，甚至相互残杀的悲惨世界，世界不会如此和平，更不用说开放与交流了。

"那河畔的金柳，是夕阳中的新娘，波光里的艳影，在我的心头荡漾……"1928年，中国新月派诗人徐志摩用轻盈温软的语言，将康桥之美描绘得如此美妙和浪漫。几十年前，高始兴怀着同样的心境来到剑桥大学，用自己的行动开始了一个全新领域的逐梦之旅，即他现在所从事的语音交互事业。

"我读研的过程中，敏感而深刻地意识到中国早晚要去拥抱世界，世界也同样需要拥抱中国……这中间第一重要的事就是语言的相通和快捷交流。于是我'跳海'了，不是下海，是直接全身心地投入做'语言交互'的生意中去了！"高始兴的嘴像是涂了油一样滑溜，语词在他的嘴边翻滚着、急涌着、滔滔不绝着，始终如一地奔腾不息，交流频率也异常高，在他坐下接受采访的前两分钟，他接了无数个电话，每一个电话都是业务，而他总是三两句就完成了与对方的交流或工作布置。

创业之初的2008年，高始兴来到园区时只背了一个包。他是搞语音开发的，看样子也不是什么高科技一类的大拿，事实上他口袋里也确实没什么大钱，只有一个空空荡荡的"理想"：把语言交互智能化。

"我能租图书馆一两间房开公司用吗？"高始兴向园区的独墅湖图书馆负责人打听。

"干吗用？你的公司是干什么的？"馆长接待了从剑桥大学回来的"海归"高始兴，并询问了一些基本情况。

"语言交互。就是英翻中、中翻英，还有用机器来实现更多语言的交换，时尚一点的话就是语音交互智能化……"高始兴说。

馆长说道："这样的公司在园区还没听说过……"后经请示，将图书馆的两间闲置小房间租给了高始兴。

高始兴的"思必驰"就这样在苏州工业园区落户、生根，并且迅速成长起来。

"实现自然语言交互属于智能范畴，是一场伟大的革命，等于我们将眼睛、耳朵、嘴巴和大脑的功能联结在一起，进行一体化的生理技术革命。语言交互之后的世界就有超越、跨界的革命性进步，人类有史以来最大的交流障碍或者说在交流层面所取得的成功经验与收获，就在于语言是否有效地实现了交互。现在，我们'思必驰'的研发就是朝着这个目标前进……"那几年，高始兴怀抱理想，一边在湖边倾听湖水的涛声，一边思考着这件事。

这件事让他兴奋，让他激动，让他的"思"无法不"驰"。

在语言交互或称语音交互中，关键技术在于"准""速""度"。"准"自然是准确率，这是最难的。因为每个国家、每个民族甚至每个区域的地方语言是最让人头痛的，翻译其实也没有那么大的本事，而语言交互所要追求的就是准确率，否则天下笑话太多、误会太多，交流中无意造成的伤害也可能太大，甚至有可能是灾难。

以往世界上最先进的语言交互器能够达到怎样的准确率？我们可以通过差错率来逆向判断。

第一代语言交互器的差错率，从最初的20%逐渐降到10%，其间大概经历了三十年的智能化技术革命；后来，误差率从10%到8%，又至少用了十年时间；从8%到5%，再用了五年时间。5%的误差率在世界范围内的语言交互中，算是高端水平了，但依然远远不够。随着智能化的运用范围不断延伸，语言交互不再是简单的人与人交流，而是人与物、物与物、计算与计算、感应与感应之间的高级智能化，语言交互就是一部大型计算器的中枢和终端，这个时候即使有1%的误差也是十分危险和可怕的。

语言交互的技术水平成为制约智能革命的一大瓶颈。高始兴的"思必驰"一直是中国乃至世界同行中的"大鳄"，他的目标和任务就是"顶天立地"。

然而，事情并非那么简单，美好的愿望与现实仍然存在巨大差异。

2018年11月，搜狗、百度和科大讯飞接连召开发布会，几乎在同一时段宣布各自的中文语音识别准确率达到了97%。但内行人知道，这个令人兴奋的数字却有一个先决条件——只能适用于安静的、近距离的环境。换句话说，97%的准确率目前只能在手持移动终端间实现，距离物联网的运用场景还很遥远。

"识别率达到99%也没用，因为现在的核心问题是怎么做好语音交互，而不是语音识别。"高始兴把这种危机挑明，道，"人机对话的核心不单是语音识别，当把语音技术真正应用在物联网，交互就不单要依靠耳朵，还要结合更多的理解，包括结合大脑的对话，结合语音合成，甚至未来对眼神、情绪的判断。"

在人工智能领域，我们经常听到搜狗、百度、科大讯飞这些大公司的消息，而由于一直在B端默默耕耘，"思必驰"公司的名气，相较于它的功绩，是被低估了的。

因为认识清醒，因为做在产业前沿，所以高始兴的"思必驰"的目标是要获得世界人机对话冠军。在这个领域里，全球最具竞争力的人工智能公司有两家，高始兴的"思必驰"是其中之一。

这得归功于高始兴和"思必驰"的"红海战略"布局。

高始兴认为，语音识别在不同的场景里，会面临大量的技术挑战，比如噪声，比如距离。"现在一流的语音公司，在手机端的语音识别准确度都很高了。但在手机上，我们是把手机拿到嘴边做语音的定向输入，而使用智能音箱、智能电视、智能机器人时，我们与它们是有一段距离的，还有噪声的干扰，我们总不可能对着它们去喊。所以，真正将交互做好，绝对不仅仅是语音识别，还有声学和信号处理等多方面问题，在物联网和一些行业的应用中则更复杂，会面临几何倍数的挑战。"他解释道。

尽管在技术研发上颇具挑战，但人工智能现在发展得依旧火热，身在其中的"思必驰"处在整个行业的风口浪尖，持续的行业热度让高始兴必须保持足够的耐心与耐力。在这样一片"红海"中厮杀，有的企业遍地开花，有的企业则专攻垂直领域。但行业领域边际广阔，想要崛起，高始兴的信条是"极致"，这意味着"思必驰"选择了深扎垂直领域。

"一是战略，二是技术驱动。人工智能这种技术，还是很需要创新的，落到不同的行业，周期长，挑战大，无论是教育、物联网还是金融医疗……不专注你就肯定做不到极致。而且，这里边一定是技术驱动的，需要专注于对行业的理解，迅速从技术原型到产品原型，再到产品、商品，形成一个循环。这就是为什么'思必驰'做智能硬件，并且配备这么大的研究团队。"高始兴的脑子本身就是一部超智能机器，转得飞快，奔得高远。他在多年前就布局了产学研一体化的战略，与上海交通大学共同成立智能人机交互联合实验室，由"思必驰"首席科学家俞凯负责，主要从事前沿和底层的技术研究，而相关技术成果和知识产权都归"思必驰"所有并转化。

他的底气来自强大的后盾。飞轮转得快，飞船飞得高，发动机是根本——"思必驰"的核心是强大的技术。目前，高始兴的企业团队超过300人，其中做语音技术的有近百人，这种规模在国内面向物联网市场的企业中屈指可数。而他的产业主攻方向又是"广阔天地"：车载、家居、机器人。

这是一个多么丰富和具有联想意义的人类社会智能化的世界体系和产业大海，你只要想做，你只要做得最好，几乎什么都可以获得。"思必驰"的战略胜于所有同行，产业链的生态可以使其做到极致，做得得心应手。

"思必驰"的一楼大厅有他们的产业与战略展览，在这里你可以直观地看到他们的前沿产品和服务领域——

一方面，"思必驰"的对话操作系统AIOS系统（AIS Operating System），运行于Android、Linux、阿里云OS等主流操作系统之上，目前主要用于车载领域（AIOS For Car）和家居领域（AIOS For Home）；另一方面是软硬一体化的芯片模组，它提供声源定位、个性唤醒、语音识别、语义理解、多轮对话等功能，主要用于家居和机器人领域。琳琅满目的"思必驰"智能家居与机器人更是应有尽有，仿佛让人生活在未来世界……

"其实就是一块内置语音交互的芯片模块。"高始兴拿出一块指甲板大小的玩意儿给我们看。

世界就是这么奇妙！你不得不敬服科学技术的魅力。

"思必驰"的另一个产业方阵是智能车载，它已经成为"思必驰"最重要的生产领域，比如一个智能后视镜，"思必驰"就占据了全国60%左右的市场份额。

中国有1亿左右的车载用户，如果全部实现语言交互设备投放，其市场产值是多少？假设一部车的语言交互设备造价1000元，总产值就是1000亿元！

"车联网语音交互的活跃度是50%。你要知道，在手机端上能达到50%的，除了微信可能也只有支付宝，这个量级其实是很恐怖的。"说完车载，高始兴又说到手机领域，他只用了一句话就勾勒了这一前景。

至于我们老百姓所关注的智能家居市场，他说："亚马逊Echo的出现带火了整个行业，也带动了智能语音技术在家居领域的广泛应用。"目前，"思必驰"在家居领域的落地产品包括智能音箱、智能电视、冰箱空调、路由中控等硬件设备。而最近大热的音箱类目中，小米互联网音箱、联想智能音箱、阿里天猫精灵X1等，均采用了"思必驰"的语音技术。

"反正大家想的事我们已经研发出来了，大家想不到的事我们正在研发……终有一天，我们都将生活在电钮一按、通通搞定的世界里，享受生活的无限美好！"高始兴其实是个浪漫而理想的人，他把自己的诗情画意用科学技术来加以实现，这远比我们作家厉害。

"物联网是个长期市场，现在智能音箱非常火爆，但这类智能终端如果只有语音识别的能力，那还只是玩具，它真正需要的是语音交互。为什么亚马逊的 Echo 出来后，很多企业都开始做智能音箱？因为它是一个生态。它通过人工智能的赋能，让终端成为智能终端。智能终端什么意思呢？用户可以无所不能。把设备放到本地也好，放到云端也好，一定是需要整体的语音交互系统和人工智能操作系统。这在中国是迟早的事，但不一定是智能音箱，我们只是看到它浮出来了，所以我们要试一下。"物联网实现智能化是社会现代化的颠覆性革命，这一前景一般人难以描绘。当然，它必须匹配机器人。而一旦"机器人+物联网"，人类的生活和生存方式就将彻底改变。

什么时候将会出现如此巨大的爆发性裂变？

高始兴说："我知道它早晚会来临，但真的不知道是哪一天，因为不可能预言得那么准。但是，我们的脚步不停，一直在智能化的快速道上飞奔……这就是我们为什么叫'思必驰'的原因。"

好一个"听涛者"，他的心思原来是要赶在未来发展的最前沿、最顶端……

似乎，他和"思必驰"已经差不多赢了！

万鸟归巢

第三章 "芯"归姑苏

苏州生物医药产业园

第四章

药谷与药神们

"帮助祖国的患者和百姓。"

"让普通中国百姓用得起生物新药。"

"中国人要有自己的生物药!"

……

生物制药领域的这群"海归",就是怀着这份赤子之心,放弃国外优厚的待遇,义无反顾地回到祖国的。

这个领域,其实代表着人类生命与时间的赛跑——十年研发一枚新药,而当一枚新药进入临床,就意味着能够拯救成千上万的生命……

世上有两种人向来受人尊敬，一是神职人员，二是医生。人因为固有的意识和思想，容易相信"神"，尽管我们并不知道"神"在何处，但"神"作为人们的精神寄托，似乎永远无法与现世生活脱钩，有时候人们甚至依靠这种精神寄托而充满希望地活着，神职人员受人尊敬也源于此。同时，每个人作为生命个体，难免身患疾病，此时救死扶伤的医生，以及他们手中可以拯救生命的药物，就成了延续生命的"法宝"，自然令人不得不敬畏。

人类文明发展至今，科技不断进步，已然能够令人类上天入地；然而，人类也不得不面临各种疾病的袭击，甚至极易因此丧命。因此今天，先进的药物成为人类除战争武器之外最重要的另一种武器。

这很可怕，而我们又无奈地必须面对。

当下，全球因新冠病毒已经丧失了几百万人命。而生而为人，我们还要面对其他诸多疾病，比如令人胆战的癌症，患者几乎难寻活路，因此一些抗癌的生物药成为这些年风靡世界的新科技主攻方向之一。

苏州工业园区是中国生物制药科研的前沿阵地，这里有一群大爱无疆、仁心为怀的"海归"致力于生物药的研发，他们坚韧不拔、勇敢果断、忍辱无私地探索和创新，一切都是为了造福国家和人民……

⑩ 自入"仙境"的大成者

我们都算是苏州本地人，多次到园区工作和采风采访，我们也许多次来到著名的"信达"公司参观学习，而"俞德超"这个名字让我们如雷贯耳……但在相当长的时间里，我们一直没有见到这位药界"大神"。没有理由抱怨，因为他确实太忙，需要在全国甚至全世界跑；因为他责任太重大，自2011年"信达"成立到现在，仅在苏州园区这块土地上所掷下的新药研发资金就超过10亿美元……他自己或许可以不着急，但董事长这个头衔让他不能不着急，责任和使命犹如千斤重担压在他和他的团队身上。"不出成果对不起的不仅仅是自己，更多的是投资人和千千万万患者们的期望……"其实俞德超心目中还有两份沉甸甸情感：一是对国家的情感，二是对亲人的责任感。

"不把新药，不把中国的新药搞出来，我总感觉对不起国家对我的培养，也让我想起家乡亲友所面临的患病却无药可医的窘境……"俞德超的名字里就涵盖着"道德"之沉重，他"命里注定"要做积德累善的事业，直率与真诚的心性驱使他选择了"药之路"——这是我们采访时与他聊到的关于他姓名的含义。

我们曾去过他的老家，在浙江天台县，一个山很高、峡谷很深的地方。二三十里长的峡谷，翻过山就是东阳。深山长谷中，藏着一座千年名刹国清寺。天台自古负有盛名，这里的山岭以"古、幽、青、奇"的特点享誉四海，中国最早的人神相恋的故事也从这里起源，难怪徐霞客游记的开篇要从这里写起……

俞德超就出生于此，他的人生就从这片大山深处延伸出来。

采访这位当代药业"大神"时，我们首先谈到了一个共同"认识"的人物——寒山，唐代高僧。

"我家乡有个湖叫寒山湖，与附近的磐安相邻，该湖比杭州西湖大六倍，风光也特别美。传说寒山子当年一直生活和隐居在此，故称此湖为寒山湖。寒山原是长安贵族家庭出身，因为几次投考不第，后来就干脆出家了。三十岁左右时隐居到了我老家天台，成为一代宗师。"这是俞德超的原话。

作为苏州人，我们说："姑苏寒山寺正是寒山先生杰作，所以你俞德超与苏州的缘分可谓继承先人之旅，成为今日之'寒山'也！"

"不敢当！不敢当！"俞德超连连摆手道，"苏州是一块福地，这一点我倒是和寒山先生观点一致的。"说完，俞德超大笑。

寒山道，无人到。
若能行，称十号。
有蝉鸣，无鸦噪。
黄叶落，白云扫
……

这是寒山的三字诗，天台人都能背诵，俞德超自不例外。但任凭你如何打量现在的俞德超，怎么也看不出他是从一个名叫"雷马坑"的穷山村里走出来的孩子。

在中国许多地方，一些隐居在深山老林里的人们，恰恰非同一般。比如俞德超老家的俞氏家族，据说是明末清初时一位高官为躲避追杀，带着家眷和亲信逃到了远离京城的天台山深处，俞家便这样繁衍至今，成了老实巴交的山民。

"每逢大雨，洪水便从我家门口的那条峡谷里奔腾而出，就像万马呼啸一般，其势慑人，其声如雷，因此得名'雷马坑'。"俞德超向我们描绘了他出生的那座村庄。

洪水汹涌，万马奔腾，这是何等的磅礴气势！

农家娃娃俞德超看惯了这般景象，孩时的他早早就习惯了什么是慑人之景、之事。

"十八岁之前，我看了太多这样的景象，但最令我心颤的倒并非这个，而是那些因患绝症而无药可医的熟人、亲人们一个个去世，以及他们去世后留给亲人们的痛苦与悲伤……"俞德超后来从事医药开发工作与早年生活的经历有关。只是他没想到，"药之路"其实特别艰难，而且极其漫长，甚至"比在峡谷里还要险"。

任何一扇科学之门都不是那么容易推开的。要打开人类征服绝症的医药大门更是难上加难。不计其数的人被癌细胞侵袭着，据世界卫生组织统计，仅2020年，全球癌症新增患者就达1929万人，其中死亡人数达996万人，而其中中国的死亡人数占了30%多，达到300多万人！

令我们的生命如此脆弱、卑微的癌细胞，到底是什么东西？它为什么这么厉害？

原来癌细胞是一种变异细胞，它与正常细胞不同，有着无限增殖、可转化和易转移三大特点，能够无限增殖并破坏正常的细胞组织。人类之所以现在还无法彻底战胜和阻止癌细胞，就是因为我们还没有找到消除和阻止这种细胞进攻的能力。据说在两千多年前，希腊人就发现了癌症，这一顽敌已存在如此之久。而当代社会，人类生活越来越好，癌症却也如恶魔般越来越疯狂，它变幻莫测的性状越发可怕，而且不分年龄、不分种族、不分贵贱地侵袭着人类，凡被袭击者，彻底治愈和长久存活的机会十分有限。于是，人们只能祈求"苍天保佑"。

然而，人类绝不甘于等待死神的降临。20世纪以来特别是近二三十年，无数科学家前赴后继，无数资本持续投入，与癌细胞展开不懈斗争。失败是常态，而愈挫愈勇更是常态。

俞德超正是其中之一。中国留学海外的年轻才俊中有相当多的"勇士"也加入了同一条战壕。"生物制药"这一条战壕里一时有些拥挤，然而人类与癌症的白热化斗争远比战壕里的拥挤状况要严峻得多。

可以说，人类的发展史其实也是一部与疾病斗争的历史。而在这部漫长的抗争史中，药，又是整个斗争的核心武器；没有药，人类无法向疾病射出精准的弹药，并夺取最终的胜利。那么，谁最早发明了药呢？中国传说是神农氏，也就是在新石器时代。《淮南子·修务训》中说："神农乃始教民，尝百草之滋味，水泉之甘苦,令民知所避就,当此之时,一日而遇七十毒,由此医方兴焉。"

中药的历史也可以认为是从这个时候正式开篇的。

西方制药的起源也很早,古希腊和罗马人就有过制药的经历,但由于宗教和神学的影响,古西药一直被扼杀。直到15世纪、16世纪后,西药才逐渐成为一种常用治病手段。随着19世纪中叶化学药开始盛行于欧洲,西药理论与西药概念正式诞生。

生物药又是一种全新的药物概念。它早先是为了抗毒和消灭突发的霍乱、痢疾、结核病等疫情的抗菌药。1928年英国细菌学家弗莱明发现青霉素开启了生物药的先河,从此生物药成为现代人类战胜疾病的主要武器。20世纪末至今,生物药在癌症等疾病治疗方面的奇效引人关注,人类对癌症的恐惧及对治疗的渴望,促使生物药成为当今最重要的药物,影响着整个世界。作为新兴科学,美国在这一行业独占鳌头,领先于其他国家。

俞德超介绍,以2018年为例,当年全球十大最畅销药品中有八种是生物药,皆由美国研发。2020年,全球的生物药市场约为3130多亿美元,占整个医药市场的30%份额。而中国的生物制药基本处在学习和模仿的阶段,国际市场占有量等于零。自2020年以来,中国有几种仿制药开始以中外合资形式出口,但在全球市场所占总份额不足0.5%。与此同时,我们每年进口的生物药和相关医药材都要花费百亿美元,仅2020年的进口额就高达371亿多美元。

还有一个严酷的现实摆在我们面前:每年中国癌症患者的死亡数占全世界的30%以上,而每年新增癌症患者的数量更是居高不下，仅2020新患癌症人数就达458多万人，占全球的同类病患总数的23%。几乎所有的患者在家人的支持下都是不遗余力地治疗，希望多活几天、几年，因此癌症患者的用药又是不惜代价的。而治疗癌症的好药又几乎都是生物药，中国没有，不进口又怎么办呢？

中国绝症患者的极大的用药需求使中国成为全球重要的生物药市场，而为了人民的生命健康，以公费为主的中国医疗体制采取了种种措施，增加了生物药进口。生物药的重要性不言而喻，中国若不能实现生物药的自主研发，于国于民皆不利。所以，从20世纪末至今的二十余年间，从政府到民间，相关人员都在全力以赴地攻克研发中国自己的生物药这一难关。然而，由于我国在该领域起步较晚，生物制药的科研工作基础薄弱，权威的核心技术又一直被西方世界垄断和封锁，中国生物药一直举步维艰。社会有巨大需求，市场又如此活跃，从某种意义上讲，是投资回报率很高的产业。这正是近几年中国的生物医药产业被持续看好的原因。

"但生物药绝非那么简单，这个行业中有句话是实打实的：研发一个生物新药，需要至少十年时间，需要至少十亿美元，需要至少十个一流技术团队……这三个'十'，可以看出不是一般企业和机构所能承担得起的。这三者缺一不可，环环相扣。"俞德超介绍，"从1928年世界上第一个生物药研发成功至今，已经有500多个新药上市了，而且从现有的需求看，这还只是刚刚起步。除了癌症，还有骇人的艾滋病、刚冒出来的新冠肺炎等，

都在不断地侵害人类的生命。要战胜这些疾病，生物药可能是重要的选择，这也意味着未来人类的命运直接与生物药的研发与生产有关……"

"生物药是基因工程科学工作的重要组成部分，它的开发将成为人类对付疾病的最重要和最有效的手段！"

"中国是个人口大国，人民的生活水平在不断提高，健康与幸福已经成为社会发展的主要需求，那么生物药就是满足这种需求、造福民生的重要方面了。"

"苏州人是有远见和伟大的,他们有前瞻性,从 21 世纪初就开始重视生物制药产业的发展了……"

俞德超用了一连串话阐述了生物药与当今社会发展的关系,最后落脚在苏州人的远见之上。他所指的是,自 2006 年起,苏州工业园区对生物产业开始高度重视,并不遗余力地引进人才。

"我经历了四任园区领导,他们的领导风格不太一样,但对生物制药产业的重视和认识,却从没有改变过,而且是不断做加法,这让我和其他所有在这片土地上从事生物制药的人深受鼓舞和激励。"俞德超说，"世界的生物制药领域美国最先进、实力最强；而在中国，苏州园区的生物制药是最强、最活跃的。这是毫无疑问的。"

其实，正如俞德超所言，苏州工业园区能够在21世纪初着力培养与引进生物制药产业和相关人才，这与园区立下的只做"顶天立地"的产业的理念有关。所谓"顶天立地"，就是对国家、对百姓、对苏州和园区都是最顶尖、最重要的产业，并达到能够与世界同领域的产业技术一争高下的顶级水平。

园区的产业布局和战略目光对了，筑的巢就能够引来金凤凰——俞德超就是其中一只"凤凰"。

"做药的人必须先做好人，因为药是治病的。"

"做药就要做最好的药，做人的最高境界是把自己的能力奉献给全人类，造福全世界。"

"始于信，达于行。我们'信达'从成立之初就确定了自己的两个目标：研发出中国乃至全世界老百姓用得起的高质量生物药；做中国最好、国际一流的高端生物药制药公司。"

俞德超用铿锵有力的话语表明了他从事生物制药事业的初心与理想，那份初心和理想来自他经历亲人患病的切肤之痛和对国家、对民族和人类的深爱。"我也有亲戚患了癌症，他们买不起进口药，有的只能买来假药医治，有的甚至放弃了医治，最后的结果都是一样：钱花光了，人也没有了。家里有一个人得了绝症，全家都会陷入贫困，甚至走上绝路……所以，我从事生物制药，既是自己专业的使然，更是因为从自己的亲人身上，以及从自己同胞的命运中所看到的残酷现实，这也成了我的使命。"俞德超说。

采访时，俞德超并没有讲到他在国外留学期间母亲患胃癌的事。这段往事还是我们第一次到"信达"参观时，公司的一位接待员介绍的：二十多年前，俞德超的母亲患胃癌后，身为儿子的他非常着急，想方设法找到当时美国最好的治疗胃癌的生物新药。他的母亲就是靠儿子的一片孝心和在国外的便利条件，竟然通过生物新药获得了新生。但俞德超母亲身边的那些同样患胃癌的农民，却因为没有条件得到这些宝贵的"洋药"，没有多久就与世长辞了。

"这件事对他刺激很大，也激发了他致力于从事生物新药的开发与研究。"同事们这样说。

2010年，已经在国际医学界颇有声望的专攻肿瘤免疫研究的科学家俞德超决定回国开发生物制药。这样一头巨鹰"海归"，在国际同行和中国留学生中，也产生了少有的重大影响。他的回归对当时国内的投资界而言，不能不说是一个冲击波，因为那个时候国内的资本市场对生物制药的热情不是太高，只知道这个行业投入资金太多，见效很慢，风险又异常大。俞德超这样描绘当时国内的情景："回国后我们发现，那个时候资本市场最想投资的是房地产，像我们这种一投就是上百亿人民币，十年可能还出不了一个上市药的生物制药企业，并不被看好。但是，我们遇见了一个有前瞻眼光和投资实力的'好东家'，它就是苏州工业园区！还有一些有远见的国际资本，他们对我的团队和中国市场也十分看好。"

最直接和最重要的是，苏州工业园区以极大的热情和真诚拥抱了俞德超，让一心报效祖国和造福中国百姓的俞德超深受感动，也下定了决心：到苏州落户，全力投入生物制药研发，力争早日拿出在中国土地上生产出的、被国际认可的一流水平的生物新药！

2011年，源于"始于信，达于行"古典深意的"信达"生物制药公司正式在苏州工业园区成立，从此掀开了"信达生物"的辉煌篇章……

我们需要介绍一下俞德超的"信达"在金鸡湖的挂牌，金凤凰发出一声啼鸣，国际资本市场有些火眼金睛的人开始向俞德超和他的"信达"迅速聚拢，这其中有美国富达投资集团、新加坡淡马锡控股公司、礼来亚洲基金、君联资本、高瓴资本、红杉资本、汇侨资本、涌金资产等，资本巨鳄们的投资，也引起了资本市场的纷纷看好，于是乎像国投创新与国家开发投资公司、中国人寿、上海理成资产管理、中国平安、康泰保险集团、景林资产等相继涌入。资本市场的力量是飓风式的，而俞德超他们研发生物新药则像"蜗牛走路"——特别特别地慢。两者之间产生了拉锯式时差，其实也是一场无形的交锋：你既对它充满信任，又极其害怕它失足或走弯路；而它所走的每一步弯路，给资本市场的你带来的就是数以亿计的损失……你又能怎么办呢？倘若不看好它，假装熟视无睹，它又冷不丁地搞出一个新药，影响的将是全世界的市场和亿万人的生命！

这就是生物新药与资本市场之间的微妙关系。

然而科学就是科学，它来不得半点虚伪与马虎，必须脚踏实地、一步一步地走，即使你烦得不行也必须坚持下去，等到你认为坚持不下去的时候，前面仍然还有漫长的路需要你咬牙走完——这就是目标实现之前所要付出的代价。

在生物制药领域，每一个新药的成功上市，都是人类的智慧与耐力同疾病与病因之间的一场战役级的大搏杀。巨大的资金是必需的，然而巨大的资本也未必就是保证，据悉在西方世界最活跃的美国生物制药界，大资本家们向生物制药注入巨资后，最后失败破产和跳海的人比比皆是。正是鉴于此，资金有限的中国投资人战战兢兢，不敢轻易掷巨资到生物制药领域。

这也给了研发和生产生物药的俞德超沉重的压力：你是科学家，需要拿出硬碰硬的研究成果，超越其他新药；有了新药也并不意味着你就可以进入市场，一个又一个临床试验，仍然需要投入无数的金钱和时间，你还能获得持久的帮助吗？当有一天，新药的一切"试验"和"批件"总算走完了"流程"，你还需要高端的制药车间与工厂，一切都必须是高端的，因此还需要斥巨资、再斥巨资……最后，等你完成一切准备进入市场时，极有可能突然半道上"杀"出一匹"黑马"，它同样是一个新药，甚至可能与你的新药效力相同或接近，你该如何？这个时候已经耗尽了巨资的你，该怎么办？这就是生物制药：风险巨大，刀山火海。

俞德超选择在苏州工业园区铺开的大"战场"就是这样一个存在巨大风险又必须投入巨大资金的生物新药研发与生产基

地——更何况，他给自己和公司定下的目标又是成为生物制药的巨鳄和达到国际一流的水平，而且附加一个资本家们谁都害怕的条件：要做老百姓都能用得起的新药！也就是说，新药的价格还必须是适中和可负担的。

尽管我们现在看到俞德超和他的"信达"威风凛凛、风光无限，已然成为中国生物制药界巨鳄，但有谁知晓历经十年艰辛的俞德超和他的团队到底是怎样度过每一天、每一年的呢？

"做药实际上是门艺术，是艺术你就得全身心投入，而且这也必须是团队每一个人都全身心投入的事业。"这是俞德超的战友之一、信达生物制药集团总裁刘勇军说的话。

"时间越久，对'信达'、对苏州和园区的感情就越深了！"刘勇军深情道。

在加入"信达"之前，刘勇军就曾多次访问信达。每次来访，俞德超会告诉他自己正在准备做的事情，而当他下一次再来时，俞德超所说的计划就已经变成了现实，或者早已超额完成。这让刘勇军对俞德超和"信达"暗暗敬佩。

终于有一年夏天，两位同行科学家坐在一起，聊到了"实质问题"。俞德超问刘勇军："有没有兴趣加入'信达生物'？我们一起为国家和世界药业干点事……"

"聊得非常有缘，我就同意了。"刘勇军说，当时他同意的理由并不复杂，"我就觉得我在欧洲和美国的学术界和工业界学得差不多了，最后这份工作想回到一家中国企业做，希望有机会为中国的企业锦上添花。"

一颗赤子之心被另一颗赤子之心感染了,"烤"热了!

2020年10月15日,"信达生物"正式宣布:生物医药行业的世界著名科学家刘勇军博士担任集团总裁,并负责集团全球研发、管线战略、商务合作及国际业务等工作。"信达"和俞德超从此如虎添翼。

加入"信达"之前,刘勇军在学术界和产业界皆成绩斐然。他1984年毕业于白求恩医科大学,1989年在英国伯明翰大学医学院获得免疫学博士学位,随后在该校完成了两年的博士后培训。此后,刘勇军开始进入产业界,先后作为高级科学家加入跨国制药公司法国里昂先灵葆雅和先灵葆雅旗下的美国生物技术公司DNAX研究所担任主任科学家。2002年,刘勇军重回学术界,被美国得克萨斯大学安德森癌症中心聘为Vivian Smith杰出讲席教授、免疫学系主任和癌症免疫研究中心创始主任。此时的刘勇军,已经是响当当的世界级生物医学科学家。2011年,他被贝勒研究所聘为首席科学官和贝勒免疫研究所所长;2014年,又被阿斯利康旗下全球生物制药子公司Medimmune聘为首席科学官和全球研究负责人。而在加入"信达"之前的近四年里,刘勇军是赛诺菲全球研究负责人。

来到"信达"后,俞德超和刘勇军的共同奋斗目标是,一起把"信达"建成"国际一流的生物制药公司"。

何谓"国际一流"?这当然是指在当今的世界医药界同行中,平行或领先于国际顶级的制药厂家和科研机构。"实际上,整个中国的生物制药界面临着最重要的转折点和挑战,就是如何做原创的东西，如何能做出一个变革性的药物。我们还有很多病人对于很多药反应不好、疗效不好。"刘勇军认为，所有这些问题，都必须要用科学来解决。他与俞德超之所以能够走到一起，就是因为他们都认为："开发药就是一门艺术，是艺术就必须经历漫长的积累与实践，就需要非常深的生物学等基础研究和技术上的突破，要做出别人赶不上的东西来！"

为了做出"别人赶不上的东西"，俞德超和刘勇军携手，让"信达"在科学与"艺术"的道路上迈着更加坚实的步伐，前进。

一个人的成功必须具备的条件似乎在俞德超身上都具备了：正直、勤奋、高智商、有能力、不懈的追求、光明的使命、强烈的责任心和凝聚团队的亲和力，以及超强的管理和控制能力，等等。

如果不是到了生物制药的大本营"信达"，你可能并不会知晓这个行业的"烧钱"水平和风险。

"十年间，我们大概'烧'掉了36亿美元……折合多少人民币？200亿左右！"俞德超说。

200亿是什么概念？这还只是一家研发生物药的企业，一个尚在成长之中的制药企业……这就是为什么一般企业不敢去碰生物制药，碰了就可能再也翻不了身的原因。

"但我们的俞董事长能行，他不仅出手投入大，而且见效最快，也就是说投入与产出比一般企业要快得多，甚至超出了美国的一些老牌生物制药企业。纵观"信达"的发展，也可以看出俞董事长的卓越才能……"

"你能把他和'信达'的成功秘密向公众透露点吗？"我们试探着问俞德超的同事。

"可以，没问题。"他笑着，并特意补充道，"即使有人拿走了我们的经验，也未必能有俞董事长和'信达'那么成功呀！"

显然"信达"人是有足够自信的。

"他抓超一流的科研产品，也就是我们'信达'的拳头产品，这是俞德超博士的强项。他本人是优秀的科学家，回国几年中，他领导的科研团队一直在研发新药，并且卓有成效，成果丰硕——建立起了一条包括26个新药品种的产品链，覆盖肿瘤、代谢疾病、自身免疫等多个疾病领域；5个产品获得批准上市，1个产品的上市申请被国家药品监督管理局受理，信迪利单抗在美国的上市申请获美国食品药品监督管理局（FDA）受理；5个品种进入III期或关键性临床研究，另外还有15个产品已进入临床研究。信迪利单抗已于2019年11月成功进入国家医保目录，成为全国首个也是当年唯一进入国家医保目录的PD-1抑制剂……站在科研成果的前沿、紧追与开发尖端产品，是俞德超董事长和'信达'能够成为生物制药的中国旗舰的关键所在，这个航向和目标是我们创办企业以来一直坚持的。"

在同事们眼里，俞德超是一个领导企业的强手，对"信达"产品的研发与开发具有精明的战略布局，即新药的研发、市场推进层次与进程都安排得极其科学合理，全面出击，相互推进，滚动发展，具有世界级生物新药企业的架构与运作手段。"可以这样说，自第一个产品上市之后，我们'信达'的产品和产业就像上了轨道的高铁,已呈奔腾不息之势……"一位同事兴奋道,"我们现在已经有 6 万条产业化生产线在运营,这在全国都是数一数二的。"

"俞博士的第三个绝招,是他建的四个技术平台。"在"信达"的团队中,同事们喜欢相互叫"某某博士"而极少称职务。从公司一成立,俞德超便以其本人的技术权威和能力,在公司内部搭建起了四个平台,首先是新药研发平台形成新型抗体药研发的管线,实现高效而有方向性的研发;第二个平台是临床开发平台,使一个新药研发后马上能够进入一至三期的临床全流程;第三个平台是生产及质量平台,公司建立了从新区候选分子成药性评价、抗体高表达细胞株开发、细胞培养、纯化和制剂生产工艺开发和放大、大分子蛋白药物质量研究、生产技术转移到商业生产等完整的面向产业化的工艺开发、质量研究和产业化平台;第四个是商业化销售平台,"信达"建立了完善的商业销售体系,即涵盖了市场、销售、准入、渠道管理、医学事务等多个环节的销售平台,使产品一上市,就能覆盖整个市场,直至患者。

"俞博士通过他个人的影响力和良好的信誉,同世界上最好的生物制药商进行了大量合作,使'信达'的运营跻身国际一流平台,这一点至关重要,也使我们在很短的时间内在国际生物制药界站稳了脚跟并牢牢地占有一席之地。比如与礼来的合作,就使我们第一个单抗注射液新药——'达伯舒',拥有了全球知识产权。该药是一种人类免疫球蛋白单克隆抗体,能特异性结合 T 细胞,重新激活淋巴细胞的抗肿瘤活性,从而达到治疗肿瘤的目的。这个产品已经惠及了几十万的患者和家庭。"这位同事得意道，"这是其中一例。'信达'与国际著名药业公司合作的项目很多。因为我们现在也有了名气，所以国际上包括美国在内的一些著名生物制药商也来跟我们合作。而这种强强合作，使得'信达'的市场占有率和科研效率也会成倍提高。"

工作人员递过一份国际医学界著名杂志《柳叶刀·血液学》，这就是登载了"信迪利单抗"研究成果的那期杂志。虽然看不懂，但我们听说过《柳叶刀》，它的名声极大，创刊近二百年，是国际公认的四大医学期刊之一，创始人是托马斯·威克利先生。

俞德超的"信达"与美国礼来公司的合作，实现了我国第一个生物药在全球的成功转让，上市后的火热销售不仅让"信达"有了丰厚的收入，也让苏州工业园区等投资者赢得了应有的回报。2017年4月11日，美国《华尔街日报》用整版报道向世界介绍了"信达"作为中国生物制药领军企业所取得的成就。不久后，俞德超当选"华人抗体协会"主席。这是一个造福千万癌症患者的专业协会，身为主席的俞德超说："虽然这个主席不拿别人一分钱的好处，却承担着拯救数以亿计的全球华裔癌症患者生命的重任。我感动万分又压力巨大，还感到无限光荣，所以也促使我全力以赴把'信达'做好、做大、做强。"

熟悉俞德超的人都说，生活和事业中的他，也一直在这样做着。如果把时间倒退十余年，我们来看当年的俞德超，就能更清晰地印证他这番"初心"："2006年他回国创办'信达'时，两个孩子都还小，都留在美国，而他舍去美国的优厚待遇和工作环境，独自一人来到苏州创业。这不是所有的人都能做得到的，但俞博士他做到了，所以对他今天的成功，我们没有半点眼红，唯有由衷的敬佩……"有同事感叹道。

其实，我们知道苏州工业园区管理人员对俞德超和他的"信达"最满意的地方，并非他的公司已经可以为国家上缴可观的税收，而是它为园区和中国生物产业建起了一条庞大的产业链。"在'信达'的带动下，现在园区围绕他们发展的生物医药相关企业至少有十几家了吧，家家都做得红红火火，园区之外的关联单位更不知其数！这是我们最希望看到的景象。"园区招商办的一位负责人这样兴奋道。

然而走进"信达"、来到俞德超身边后，最让人感到振奋的并非他和"信达"现在到底搞出了多少新药和赚了多少钱，而是看到了他和"信达"旗下有一支世界一流的团队。这个团队格外引人注目的是，正如周勤建所说，有200多位"海归"：他们之中，有在全球药业界久负盛名的新药研发科学家，也有国际商务高官，更多的是一批能力强、智商高、干劲足的青年精英。"他们可以将'信达'和整个中国生物制药业带到世界一流的生物制药平台上展现风采和实力，这是我内心最骄傲的事。"科学家出身的俞德超少有地展现豪情，谈到他的团队，脸上不由自主地扬起激情。

正如他所言：回首来时路，欢笑伴着汗水，成功伴着艰辛。在未来的路上，"信达"将继续努力，脚踏实地地朝着目标迈进。

始于信，达于行。在金鸡湖畔的这片美丽的土地上，我们有理由相信，俞德超和他的"信达"，将在金巢上空绽放出更多"抗体"新药的绚丽之光,为中国乃至全世界的病人带去福音,让中国的生物制药产业发展得光彩夺目……

在这一篇章结束之时,我欣然看到俞德超在微信上连续发布了两条新闻:

一条是"信达"成立科学顾问委员会,该科学顾问委员会将为"信达生物"的早期药物发现及临床开发提供科学建议,以助力"信达生物"实现更多创新成果惠及全球民众。科学顾问委员会聘请三名世界顶级肿瘤专家和生命科学领域的专家,他们分别是:美国国家科学院院士、加利福尼亚大学旧金山分校微生物及免疫学系主任 Lewis L. 博士、加利福尼亚大学旧金山分校肿瘤生物学教授 Lawrence Fang 博士和行业知名药物发现科学家、制药公司高管 Carlos Echev 博士。

另一条新闻是,2021年8月16日,"信达生物"宣布:由信达生物与礼来联合开发的创新药物 PD-1 抑制剂"达伯舒"(信迪利单抗注射液)联合化疗(奥沙利铂+卡培他滨)一线治疗不可切除的局部晚期、复发性或转移性胃或胃食管交界处腺癌的随机、双盲、多中心三期临床研究期中分析达到主要研究终点。

2021年5月18日,美国食品药品监督管理局(FDA)已受理中国自主研发创新生物药"达伯舒"的新药上市申请(BLA),并进入正式审评阶段。如果审批顺利,中国人发明的好药就可以进入国际市场,惠及全球老百姓了!

如此利好消息,确实鼓舞人心!要知道,一枚生物新药的诞生,在医学界犹如新型原子弹试验成功,它的影响力和市场效应绝对不可低估，它将给无数失去希望的生命带来福音。

俞德超和他的"信达"的底气就是这般"杠杠的"！如今的他和"信达"，俨然"修炼"为自入"仙境"的大成者。中国生物制药的希望，正在这片金光中闪耀……

⑪ "福地"上一个大写的人

生物制药业的水有多深,只有在你"入水"之后方可知晓,这是一位著名投资人说过的话。当然,对外行的多数普通人来说,他们更想知道那些搞生物药的人是不是真正研发出了能够拯救绝症患者的生命或者延缓死亡的药。

那天我们从"信达"出来,其实关于俞德超的故事并没有讲完,而对于这部分内容普通读者可能更感兴趣,因为正是关于他的新药到底能不能拯救绝症患者的。俞德超还做了一个承诺:要做中国老百姓和世界人民都能买得起的药。

"信达"和俞德超现在做到了吗?事实上,真正要做到并不容易,因为到目前为止,全世界对癌症的治疗仍在艰难的探索阶段。以美国为例,它是世界生物制药最强大的国家,也是科技水平最高的国家,研究相关医学科学的时间也是最久的,可癌症治疗的失败率仍然居高不下。当然,美国在一些方面已经有了非常了不起的成绩,比如能让胃癌和肺癌病例延长五年甚至十年寿命,而其他癌症患者的存活寿命也比一般国家要长得多,这就是生物药的功劳。人类到目前为止还没有研发出能够攻克癌症的灵丹妙药,所以,延长患者生命是当下最主要的目标,美国在这一方面已经做得相当成功。当然,成功背后有一个重要前提:花费巨额金钱使用生物药。这也告诉我们：没有钱的癌症患者，仍然无法享受延长生命的科研成果。

帮助自己国家的患者和百姓！——包括俞德超在内的绝大多数从事生物制药的中国"海归"们，就是怀着这份赤子之心，放弃了国外优厚的待遇，义无反顾地回到祖国的。"我们在美国参与救治癌症患者的过程中，看到已经有很多富人通过使用生物新药延长了生命。所以，我们经常私下里议论：如果回国去，也研发出像样的新药，不是可以拯救许多中国百姓的生命吗？这是我们'海归'中大多数人所想。正是出于这份心思和心愿，我们舍弃了国外的优厚待遇和安稳生活，回到祖国，创办自己的生物制药企业……"俞德超和"信达"团队中的"海归"们不止一次地这样说过。

前面已经说过，开发一种生物新药不易，它几乎要耗尽财力、精力和时间，三个"十"（至少十年时间、至少十亿美金、至少十个一流科研团队）就足以让相当多的投资人止步，因此普通患者想要享受这种高投放、低产出的尖端科研成果，几乎没多少可能性。

然而俞德超他们回国在苏州工业园区开辟的"生物制药产业园"，干的就是为普通患者研发新药的事业。差不多从2006年开始，这片土地上便掀起了生物制药的产业振兴之风。十余年过去了，曙光已经出现。

俞德超和"信达"现在已经进入了"丰收期"。就在2021年8月18日，他们在中美同时宣布，又一个影响全人类生命质量的新药研发成功：

胰高血糖素样肽-1受体（glucagon-like peptide-1 receptor, GLP-1R）/胰高血糖素受体（glucagon receptor, GCGR）双激动剂IBI362，在中国超重或肥胖受试者中的一项随机、安慰剂对照、多次给药剂量递增Ib期临床研究的结果刊登于国际知名期刊《柳叶刀》子刊 *EClinical Medicine*。这是中国代谢领域首个在《柳叶刀》系列期刊发表的创新药物I期临床研究。北京大学人民医院纪立农教授和河南科技大学第一附属医院姜宏卫教授是该文的共同第一作者，其中纪立农教授也是该文的通讯作者。

该临床研究由纪立农教授牵头，是首个在中国人群中评估周制剂GLP-1R/GCGR双激动剂安全性与疗效的临床研究。除了显著的减重疗效，IBI362还能带来血压、血脂、肝酶和血尿酸等多重代谢特征获益。

纪立农教授表示："很高兴看到IBI362在中国超重和肥胖人群中的首个研究的结果发表在 *EClinical Medicine*。这是中国代谢领域第一个在《柳叶刀》系列期刊发表的创新药物I期临床研究，既肯定了研究设计的科学性与创新性，更体现了中国内分泌代谢领域研究者在转化医学和早期临床开发的能力已经达到了国际水平，是我国代谢病领域创新药开发的又一个里程碑。在I期临床研究中，IBI362 展现出了良好的安全性、超出预期的疗效，包括减重效果以及多重代谢特征获益，体现了 IBI362 作为新一代 GLP-1 药物的优势和潜力。我们相信通过研究者的努力和与申办方的密切合作，在后续的超重/肥胖受试者中的 II 期临床研究中，IBI362 作为多靶点创新药物将会展现出更加令人惊喜的结果。"

信达生物制药集团医学科学与战略特病部执行总监钱镭博士表示："IBI362 在肥胖人群的 Ib 期研究结果发表于《柳叶刀》子刊 EClinical Medicine，实现了中国肥胖领域创新药 I 期研究结果在高水平医学期刊发表的突破，体现了我们中国研究者卓越的学术水平以及'信达'扎实的临床研发能力。IBI362 在减重疗效方面表现出同类最优的潜质，同时在血压、血脂、肝酶方面为患者带来综合代谢获益。更令人惊喜的是，我们进一步分析发现 IBI362 能显著减低肥胖受试者的血尿酸水平，这是全球首个在早期临床研究中观察到血尿酸水平显著降低的 GLP-1R 激动剂药物。我们非常有信心通过努力和扎实的临床研究和科学的开发，推动这一创新性分子早日上市，为肥胖症患者带来更好的治疗选择。"

在我们结束采访离开苏州前，看到俞德超曾经在微信朋友圈转发了他们公司 8 月举办的"肺癌关注月"活动中刊发的一篇文章，很感人，说的是一位患病八十二个月的癌症患者术后复发、靶向耐药的经历，讲述了患者用"信达"的新药完成了三次免疫治疗，从而回归正常的生命历程。该文是患者的女儿所写——

迄今为止，陪伴父亲抗癌治疗八十二月有余，其间酸甜苦辣，唯内心自知，唯岁月可见。未来，无论多难，我们都将继续携手，勇往直前！

1. 不幸降临：癌症突然找上门

2014年初，父亲每日晨起轻微咯血，身体一向硬朗的他，独自奔走于各大医院，也没查出什么原因。到了2014年9月份，母亲发现他病得越发严重，悄悄电话我告知病情，我立刻放下手头工作，带着他的CT结果直奔湘雅医院，专家依据检查结果初步鉴定为肺占位性病变，建议马上入院并行手术。

当夜，我为父亲准备衣物，安慰他只是肺气肿严重了，必须做个小手术。时值四十不惑的我，竟忍不住悄悄躲到路边，号啕大哭一场，那种悲伤的感觉，至今仍在记忆深处。努力调整好情绪后，毅然决然将父亲推进了手术室。手术切除非常成功，术后病理切片显示右下肺背端中低分化腺癌，庆幸的是未见癌转移。

那年的国庆节，我陪伴父亲在医院度过。按照术后医嘱，必须进行放化疗，考虑到父亲身体瘦弱，胃口不佳，且担心他知道实情，一时难以接受，我与医生反复商量，最终选择术后一个月继续中药保守治疗。

就这样，父亲开启了他的漫漫抗癌路。每次去中医院，他自己打车拖回一麻袋中药，年年月月，天天熬着两罐中药，三百六十五天从未间断。起初，我以为只要不做放化疗，他就不会知情，谁知，精明的老头去了两次医院复查后就知道实情了。他也没与我们说什么，依然坚持吃着苦药，坚持半年一次的体检，坚持定期入院消炎治疗，只是脾气时好时坏。

2. 风波又起：肿瘤复发、靶向耐药，前路在何方？

直至2019年底，父亲体检CT显示左肺有空洞，医生提示需加强复查跟踪，同时也一再强调，如果后续有变化，老人是不能进行二次手术的，暂且先观察为主。等到2020年11月，左肺空洞有明显增长趋势，我又开始频繁跑医院，找中医院医师咨询治疗方案，他们对父亲这个老病号的情况及脾性已摸得透透的，我们便决定在老头定期入院抗炎治疗时，悄悄抽血送去基因检测。基因检测结果出来，被告知吉非替尼这种靶向药与父亲的基因可匹配治疗，于是，我们停中药，开始口服靶向药。2021年2月检查结果显示空洞有明显缩小，我们暗暗松了口气，父亲也尽量克服靶向治疗带来的各种皮肤瘙痒副作用，他喃喃自语，也不知这药有用不？我总是宽慰他，一定要相信科学。

可好景不长，靶向药口服了三个月，显示有耐药症状，空洞不缩反增，而向来生活能自理的父亲，由于肿瘤的增大，导致肺气肿、慢阻肺等陈旧性疾病一并爆发出来，导致他不但无法正常户外活动，甚至坐着时呼吸都很困难，整天躺在病床上，且食不下咽，两个月内体重直接降至98斤，向来坚强的父亲瞬间变得脆弱了，眼神充满了无助和恐慌。做了半个月的抗炎治疗，咯血问题、呼吸问题都无改善，反而越发严重了，他坐立不安，我寝食难安，空气都被凝固着，我推着轮椅送他去做各种检查，看着日渐消瘦的老父亲，我的心更加揪得慌，彼此的情绪都朝着坏方向蔓延。靶向药耐药了，父亲的基因突变类型又实属罕见，进一步的治疗手段已经非常有限，情况仿佛陷入了绝境……

3. 永不言弃：活着，就是最大的幸福！

生于中华人民共和国成立之初的父亲，或许是与国共生的缘故，他内心特别坚毅，从不轻易放弃。父亲很小之时，奶奶因病去世，爷爷常年在外抗战，生于那个年代，能读至初中毕业，亦属不易，在他二十九岁半时，顶职进了湖南民航工作，身份由农民转变成拿薪金的伙夫；但他不服输的湖南人性格没有止步于此，又自学新闻，每夜每夜地提笔爬格子，锲而不舍地往各电台、报纸投稿子，竟然由伙夫转变成了公司赫赫有名的"大记者"。

我继承了父亲永不言弃的特质。靶向耐药后，我四处打听，得知免疫治疗是目前抗癌治疗的有效手段之一，经与医生反复讨论，我们决定选择信迪利单抗治疗，希望治疗既能延续父亲生命，又能让老人高质量生活。

2021年5月21日，父亲成功进行了首次免疫治疗，出院后半月，父亲的呼吸问题得到逐步改善，自身免疫力得到激活，他的情绪随之慢慢转好。

随后，情况越来越好，截至目前，他已完成三次免疫治疗，副作用也比靶向治疗轻微得多，仅仅是轻微的皮疹反应。现在的父亲，基本恢复了日行5000步，每天下楼遛弯、喝早茶、逛市场……生活已回归正常，与两个月前的他判若两人，院子里的老人都说"这简直就是化腐朽为神奇"！从此，父亲逢人就说：活着，就是幸福！

感谢科学的力量，感谢医学的发展，感谢医生的治疗，感谢越来越多像信迪利单抗这样的好药上市，让父亲灰暗的生活重新点燃起希望火种，生生不息！

读这样的文章，通常都是伴着泪水的。而包括笔者在内，我们也曾有亲人被肺癌夺走生命，也曾亲历亲人告别人世前那般痛苦欲绝的情形，也曾饱受一起努力治疗最终却无奈放弃的悲痛……我们在想：假如早点遇到"信达"和他们的新药，不就可能把亲人的命救回来了吗？然而这是无法提前设想的，它们的出现以及遇见它们都是一种机遇——苏州工业园区投入巨资、花费十余年时间打造的生物制药产业区也不过刚刚有成果。但可以预见的是，今后普通百姓用生物药治病的希望一定越来越大……

人类为拯救生命是不遗余力的，即使只有半分希望，就像探索宇宙一样，多花点钱大家没有怨言，甚至拼了命也要闯出一片新天地。越走进生物制药业，越深入认识俞德超等"大鳄"，才越发觉：这个领域其实代表着人类生命与时间的赛跑——十年研发一枚新药，而当一枚新药进入临床，就意味着能够拯救几千、几万甚至更多的生命……这不就是生命与时间的赛跑吗？然而，十年才有可能出现一枚新药，而这十年间因绝症又会逝去多少生命呢？他们没有等到"神"的到来，就带着痛苦和遗憾彻底地走了。

钱，在俞德超和所有搞生物制药的人眼里似乎并不重要，无论是几万、几十万、几千万还是几个亿。其实搞生物制药就是太"烧钱"，小钱根本算不了什么，大钱也是理所当然地要花，因此在这个领域，可以说钱就不是钱。

生命却异常重要——对俞德超和其他搞生物制药的人来说都一样：哪怕是拯救了一个生命，也就意味着希望和太阳出来了！

俞德超给我们讲过一个病例，患者是江西上饶的一名留守儿童，患上了淋巴癌。女孩小小年纪真的可怜，父亲在外打工，父女俩一年见一次，父亲挣的钱都花在给孩子治病上了，所有可以想到的办法都使上了，最后医生告诉这个父亲：你孩子只有两个月时间了，赶紧准备"后事"吧。这几乎是绝症患者的家属们最后都要听到的话。但是，这个孩子运气好，她遇上了俞德超他们研发的新药"达伯舒"。"用上后，病情就稳住了，后来肿瘤又慢慢消失了……"再后来这孩子上了大学，参加了学校舞蹈队。

这个女孩叫美玲。

美玲是个穷苦家庭的孩子，也是一个幸运的孩子。

苏州半月湾

美玲是个美丽的女孩,她后来考上了大学,成了一名舞蹈队员……

她的生命新故事就是俞德超的愿望和理想:能够让中国普通老百姓用得起生物新药。这听起来似乎很轻飘飘的一句话,可对一个癌症患者来说,它就是比天还要大的世界,是比太阳还要温暖的美好。

这一切的责任和使命扛在俞德超和所有生物制药人的身上。而在苏州工业园区的土地上,有一批像俞德超这样的人,尽管他们中的大多数并非俞德超和"信达"这样的"大鳄",但使命和责任是一样的。他们心存美德,不懈奋斗,目标一致。

杨大俊则是苏州园区生物制药领域又一个"巨鳄"式人物,他与药的缘分估计比谁都深厚,自然故事也比谁都多。

"亚盛"是他创办的生物制药企业的名称。

"这名称有讲究，是我女儿起的。'亚'，生物学名词；'盛'，意在升级。我做的主要是促进细胞凋亡——让那些不适合继续存活和容易产生癌细胞的细胞死去，即凋亡部分不好和无用的细胞，以制止癌细胞的发展与发育……这是我和公司主攻的科研方向，所以企业名称就用了'亚盛'。"

杨大俊是个幽默直率的人。我们原本以为"亚盛"是让亚洲人强大起来的意思。"哈哈哈，还是你们觉悟高，你们觉悟高！"杨大俊一听，忍俊不禁道。

他真是一个喜欢大"俊"的人。这与他的经历有关。

杨大俊说，他是恢复高考后正式考上大学的"78级"大学生。"我对上大学的记忆很深，入学那天是1978年9月25日，正好是我十六岁生日……"杨大俊说。

"那个时候，我们班上的同学年龄参差不齐，我算小的，才十六岁，还有一个只有十五岁。同一班级中有年龄比我大一倍的同学，他三十二岁，已经是四个孩子的爹了。确实我算是小孩子，因为进大学几年，个头又长了二十多厘米。"杨大俊说，他考的是中山医科大学。这所大学很有名气，是孙中山在国内办的第一所医科大学。

学医是杨大俊的理想。他进入大学时又碰上了一个好机遇：医科大要办一个"全英班"，即全部采用英文教学，为的是以后送这些学生到国外深造。聪明爱学的杨大俊赶上了好时机，成了"全英班"30名学生中的一个，而且是其中"爱做点事"的班级骨干。

不做媒体大亨实在是可惜了杨大俊，早在20世纪80年代初，他就与同学们一起创办了一份大家所熟悉的杂志，叫《家庭医生》。这杂志火了几十载，在广州与《南风窗》《无线电》《家庭》一起被称为"四大名刊"。这些杂志曾经影响了改革开放后数以亿计的读者，即使现在，《家庭医生》《无线电》等仍然被读者所喜爱。

杨大俊当年是《家庭医生》的骨干编辑，后来还当上了主编——勤工俭学式地兼职，一边学习，一边赚钱。"大二时我就干上了！"杨大俊在杂志社算是"元老"。他在学校成绩也格外出众，他所在的"全英班"是由全国卫生系统最优秀的一批大学生组成的，他更是多次在全国医卫专业统考时获得全国第一名。

"我们办的杂志刚开始是专门给学医的大学生看的，叫《医学生》。直到我读大三时，觉得应该办份老百姓爱看的医学方面的知识杂志。我看到美国有种类似的家庭健康科普杂志特别火，所以我建议改刊名为《家庭医生》，后来果然一鸣惊人。"杨大俊有些得意地回忆起当时的情形，"我负责《名医访谈》栏目，所以有机会跟全国各路名医大家和卫生系统的官员打交道，甚至直接采访过国家卫生部部长。我在北京跑到卫生部，想采访部长，他见我年纪小，又是中山医大的，就把我领到他办公室接受了采访。采访老部长过程中，他给我留下两句特别深刻的话：一是做事一定要有真本事；二是尽量从事实业。他的这两句话，直接影响了我后来的人生道路，要不然我现在可能在媒体行业呢……"

杨大俊说完大笑起来。他说，并非从事媒体工作不好，而是学医的他深深明白了老部长的话外之音：既然学医，就要掌握真本事，这指的是社会、国家和患者最需要的真本事。另外，个人的能力有限，如果要拯救更多的人，就必须做实业、干大事。

在人生的道路上，我们常常因为某一个人的一句话、一件事对自己的触动而改变了命运的轨迹。杨大俊也不例外。

1986年从中山医科大学毕业后，他到了美国。"我们那个'全英班'基本上都去了美国……"杨大俊说。而同学中后来回国仅有三四个人，他是其中之一。

"我能出国就是因为在学校里办杂志挣了稿费。那个时候，一张飞往美国的单程机票是50美元，那就是我挣来的稿费。"他说。

学医的杨大俊在美国又交了"好运"：20世纪中期，当时的美国正在掀起一场生物制药的新兴科学革命。

他赶上了，当年中国少有的几个出国留学生最先赶上了这次机遇。像俞德超等人都是后来才去美国的，而少年才子杨大俊"出道"更早，因为他在上大学时就靠自己挣到了稿费。当时，如果不是国家资助的公派留学，想自己出国，50美元就足以难住许多中国家庭的孩子们了。

命运就是如此。

拥有努力加运气的杨大俊到美国留学后，正逢生物制药刚刚兴起，美国各医科大学和研究机构的专家与教授们需要大量的工作助手，而勤学肯干的中国留学生便成了他们最爱招收的对象。

"助手的月工资很高呀，800美元—1000美元呢！对我们这些中国穷学生来说，这就是天文数字呀！我们也一下成了'富学生'！"杨大俊好得意。

1000美元，在当时的中国相当于近1万元人民币。那个时候"万元户"在中国是了不起的事，何况每个月都有"万元"。杨大俊在美国边读书，边用业余时间做助手，而每个月能挣上千美元，你说是什么水平！

难怪几十年来多少优秀的中国学子"飞"往太平洋彼岸……

"美国早期的生物制药方面的论文，第一作者基本上都是我们中国留学生的名字……"杨大俊透露了一个事实：在西方，发表论文之类的具体工作都是助手在做，所以谁在论文和科研中做的工作多，那么署名时谁就在第一。中国留学生勤奋好学又能干，故当年美国科学论文的第一作者自然常有中国人的名字。这似乎也算公道。

"现在世界生物制药界，是另一种情况：发明人是中国人，论文最后的总负责人——通讯作者，基本也是中国人。"杨大俊补充了这句话。这里面的信息量很大，意思是，聪明的中国人实际上主导着生物制药业，而他们多数是中国留学生。

"大俊"的名字，似乎可以改为"大进"——大步跃进之意。杨大俊听了哈哈大笑，连声道"命好"。这让我们联想到另一位"海归"许从应。

他们俩都属于较早出国留学的"海归"，所以"运气"好；

但两人的性格有不少差异，许从应常常话未出口笑声已至，杨大俊则不苟言笑。

杨大俊博士毕业后留在华盛顿。1995年，他三十三岁，就已经是美国著名大学的教授了。教授在西方国家是绝对的高级知识分子，格外受人尊敬。其间，他做过美国中国医学学会主席，在医学界的地位可窥一斑。

而在生物药界，到底谁是英雄好汉，其实很难分得清，因为这个领域太浩瀚，像星空一样。人类虽然已经研发了几十年的生物药，但事实上对整个生物界的认识也只能算刚起步。到底生物界有多少秘密可以去揭示？专家说，至少在千位数以上。生物药是将这些生物重新混合、提炼、组合、搭配而成……之后到底能产生多少新的生物状态就搞不清了，估计不会少于数亿种。那么现在我们研究出了多少有效用于人类治病的生物药呢？专家，也就几百种吧！

癌症和其他顽病极其复杂，千变万化；细胞世界的微妙同样异常复杂，极端不可测。

杨大俊向我们介绍，他研究的方向与众不同，是重点攻克细胞"凋亡"方面的科研成果，从而实现对癌细胞的分离与削减它的破坏力。"一个人的身体里，癌症细胞一旦发生裂变，整个身体就像一辆刹车失灵、油门却加大了的车子，面对这种情况怎么办？用正面的力量去阻止滚滚向前的车轮的成功率微乎其微，人们刚开始在研究治疗癌细胞时就采用这种正面进攻，结果基本上无法阻止癌细胞发展的速度，最后钱花光了，人还是死了。那么到底如何是好？如何才能使飞速着的'车子'减速呢？这是我从事癌细胞科研后一直在思考的问题，最后我选择了另一种全新的研究方向，即让那些可能导致癌细胞增长和加速的细胞凋亡，凋亡到那些癌细胞无法正常发展和裂变，让人体处于不发生、少发生癌变或细胞发生癌变之后使其恶化速度缓慢的状态，这不等于是让人体癌症发病率降低或恶化速度减缓吗？"

科学家的思维真是奇特！人类攻克绝症的手段也真是五花八门、无所不用，可见癌症顽疾真的像狡猾的敌人，而面对狡猾的敌人，必须用尽各种手段，否则无法战胜。这也从另一方面说明了人类攻克癌症的艰辛与艰难。

然而人类毕竟是人类，永不屈服。我们有杨大俊这样一批医学专家为我们努力战胜绝症而不懈地奋斗着。

杨大俊在研究"凋亡"细胞领域显示着他高超的智慧与精妙的战略思维。同行们则称他是制止癌细胞战场上的"踩刹车者"。这是怎么回事？

"对的，我在这方面算是独行者，即不走他人都在走的路，选择另一种研究和突破方向。"杨大俊肯定道。

说他是独行者，我们可以从他所研究的成果说起。大家都知道，人体的免疫系统非常复杂，T细胞是其中的关键角色，它能识别细菌、病毒等外来入侵者，并触发免疫系统的反应进而攻击和消灭入侵者。T细胞上也有一些蛋白分子发挥着"刹车"作用，以免免疫系统过度反应，"误杀"健康的细胞与组织。"CTLA-4"和"PD-1"作为细胞上唯二的"免疫检查点"，能释放信号抵制免疫系统，这在医学上被称为人体的"免疫负调节机制"。其中，"CTLA-4"能削弱 T 细胞的杀伤力并缩短其寿命，"PD-1"则能抑制 T 细胞扩增。这两个蛋白分子的发现为癌症治疗提供了新的支柱，代表着与以往疗法完全不同的新原则：不再仅着眼于打击癌细胞，而是着力于研究整个人体免疫系统的"加油"机制。而这种新的机制，在中国引来了狂热的投资，造就了至少 30 个"PD-1/L1"分子开发的盛景。杨大俊和他的团队并没有在这一盛景中"凑热闹"，而是将核心管线聚焦在细胞凋亡的方向，并专注于此二十余年，直至今日……

许多人在攻克癌症的科学道路上走得气喘吁吁，最后无功而归。杨大俊则另辟蹊径，一路小跑，越跑越快，直至大功告成。这也令他在同行中有了另一个称号"解局者"。

破癌症治疗之难局——杨大俊在医学界的地位和声望更加如日中天。

2003 年，他在美国注册了一家公司，叫"亚盛"。

次年，他"下海"全职当起了公司老板，同时拿到了第二笔融资款，具备了可以"打天下"的基本条件。与他一起创业的另外两个合伙人，都是他志同道合的好朋友和医学界高人：一位叫王少萌，三十多岁就成为美国密歇根大学的终身教授；另一位叫郭明，是在全球排名第一的辉瑞制药工作了多年的老资格"药人"。

当生物界"三驾马车"的名声已经在同行中响当当时，杨大俊想到了自己的故乡，想到了报效祖国、回国创业——2005 年，他毅然回国，来到上海浦东张江，成为较早一批回国搞生物制药的"海归"。

"因为当时国内生物制药才刚刚兴起,所以没有引起投资者的特别关注,2005年到2010年这几年,是我们创业比较艰难的岁月……"杨大俊说。

"为什么后来到了苏州园区?"这是我们感兴趣的问题,后来知道这其实是杨大俊事业出现根本性转变的"转折点"。

"这就是机遇和我们的正确选择了!"杨大俊满脸笑容地坦言道,"2015年底,我们公司的一次融资,领投的就是苏州园区的'元禾原点基金',它是政府基金、市场管理性质的合伙人,我们公司当时恰恰最需要这样的合伙人,于是一拍即合,亚盛就来到了苏州……"

春雨温润,滴水穿石。苏州人的细腻和亲商、园区的真诚与大气,招来了像杨大俊这样的"大鹏",并给予了他们展翅高飞的广阔天空……

他和他的公司开始步入高速增长期,也可以说,园区为他提供了一个生物制药企业应该有的环境和条件。

不上市的生物制药企业几乎是难以维系生存的,因为它的资本投入太大,而且见效"遥遥无期"。

"但在苏州的投资环境就是不一样。"杨大俊再次体会到。

这说的是"亚盛"开始进入上市起跑道的融资阶段,苏州园区的元禾原点基金的多次支持,为他的事业和亚盛的发展奠定了绝对的基础。他视其为"亚盛"的里程碑。

2016年,杨大俊又宣布成功地完成了B轮融资5亿元的任务。

一年半后，他再次宣布：亚盛又完成了近 10 亿元的 C 轮融资……

此时的"亚盛"，一片红火，研究"凋亡"生物制药细胞的科研工作与生产，蒸蒸日上。"我感觉这就是我们想做的事业的样子了！"杨大俊无法不在金鸡湖畔高歌一曲，尽管性格略显矜持的他不那么喜欢张扬，但他公司的同事们一定要拉着他，说必须站在金鸡湖边，正对美丽风光，唱一曲《好一朵美丽的茉莉花》——表示对这片土地的感恩之意。于是悠扬的歌声随风飘荡、起舞：

> 好一朵美丽的茉莉花
> 芬芳美丽满枝丫
> 又香又白人人夸
> 不让谁把心摘下
> 就等那个人爱呀
> 茉莉花呀茉莉花
> ……

茉莉花是苏州人特别喜欢的花种，它的芬芳舒畅醉人，它的花色又是十分柔性，与苏州人的性格相似。

被茉莉花香熏陶着的杨大俊与他的"亚盛"自从在金鸡湖畔立足与生根之后，可谓枝盛叶茂，朝气蓬勃，生机万千。当有人向他询问为什么选择了一条与众不同的"捷径"时，他回答："第一，其实这条道路非常艰难，自己和团队用了二十年时间，这个坚持很漫长，也很痛苦。第二，坚持不是一句口号，更多的是要克服实际的困难，而实际的困难其实是无穷无尽的，坚持就是与这无穷无尽的困难做斗争。搞生物制药的道路，再次证明了其实我们这样的人，更多的时候是在考验自己的毅力与意志，甚至革自己的命……"

"革"自己的"命"比"革"他人的"命"更难，战胜自我的人才是真正的英雄。杨大俊和当时与他一起踏上苏州这块土地的王少萌、郭明，现在都是"奔六十""超半百"的人了，然而你看他们现在的状态，会发现他们似乎比十几年前更精神、更年轻。

为什么？

"因为事业顺、市场好，所以他们心境也好呀！"同事们这样认为。

杨大俊笑着这样回答我们："除了我们在专业选择了与癌症不打正面战役，而是从癌症'背后'促成它的致病细胞凋亡之外，还因为苏州园区这个地方优势多：它对所有在此创业的人才和企业都全力以赴地支持帮助；它的管理专业且到位；它的政策一以贯之，尤其是对生物制药产业；这里是长三角的中心地，人才丰足，我们在发展企业时，无须为此着急……这样的福地，在中国、在世界其他地方是少有的，所以我们的亚盛在这里一定会更加强盛。"

2016年，"亚盛"在香港上市，并且是生物制药板块中港股"原创小分子新药第一股"，其上市的第一天股价升值高开55%，实现的超购达751倍,成为该年度港股的"超购王",其结果大大超出了杨大俊和他团队的预期,证明资本市场高度认可"亚盛医药"的科研成果和发展方向。

上市那天,"亚盛"的CFO张甦在朋友圈里写下如下文字:"一天下来,给人印象最深的还是酒宴上三位创始人一起晒娃感谢家人的那些照片……"

杨大俊和合伙人王少萌、郭明在成功上市的当晚与同事们喝"庆功酒"时,谈到"创业成功最要感谢的人"时,竟然不约而同地在手机上"晒"起自己家的娃和夫人。

"没有家人数十年的支持,我们哪可能取得这些成功呵!"杨大俊现场的一句话,催出了公司许多人的热泪……

谁说科学家不懂情爱,只是他们在科学奋斗的道路上前行时埋头于专业;谁说"海归"忘了后方的家,只是他们在飞翔时必须全神贯注地望着远方。

杨大俊和团队们站在金鸡湖边感谢大洋彼岸的家人时,他们的家人也在彼岸遥祝他们"飞"得更远,"飞"得更高……

⑫ 那些并不浪漫的人干出了浪漫的事

来过苏州和没有来过苏州的人都知道，这是一块难得的美丽之地，这里的历史传说和故事，为人们留下了无数浪漫的记忆，比如《红楼梦》里的林黛玉，比如赵飞燕、李香君、苏小小、陈圆圆……这些美丽的女子背后的爱情故事所组成的苏州浪漫史，足可以写成千里金册。

那么，"新苏州"的浪漫在何处？"理工男"和科学家们就没有浪漫了？怎么可能！没有浪漫就不是苏州了。

苏州是个永远充满浪漫的城市。只是我们发现：新苏州的浪漫在园区的"理工男"世界里，这些浪漫变成另一种风格与风情……那么它会是怎么样的呢？

十分的有趣和百分的灿烂，是真正的罗曼蒂克！这是我们的发现。

原来，在风景如诗的苏州，不浪漫就是一种人生的浪费，而浪漫了的人则在这块土地上事业有成、生意兴旺。

徐霆就是这群"理工男"的代表，如今他是生物制药企业"康宁杰瑞"的老板。

在苏州园区，"康宁杰瑞"企业的牌子挂出来的时间可谓"不早不晚"：2009年4月1日，正好是"愚人节"。有人问徐霆：

"你这个企业名字到底什么意思？是以后的药名还是有什么英文的特殊含义？"

徐霆笑了，开心地说："我既然回国了，就把这个企业当作自己的儿女来培育抚养，所以这个企业名自然就是我的儿女的名字。"

当时在现场的许多园区人很是感动，被徐霆博士对苏州和园区的一片真挚感情与追求事业的心所感动。可大家当时并不知道，这"康宁杰瑞"真的就是徐霆在美国还很小的女儿与儿子的名字！

"为了给中国人争气，为了在中国的土地上研发出世界水平的生物新药，我在回国前就立下了这样的目标：一定要像哺育儿女一样把新药搞出来、搞成功，让它们成大器！"徐霆说。

"康宁杰瑞"从2017年开始启动上市准备，到2019年正式上市成功，短短两年多时间成就了生物制药界又一自主独创新药的著名企业，这在同行中也不算多见。难怪从上海来的许书记履新苏州市委书记后，来到园区时说，一定要看看"康宁杰瑞"。

徐霆是家乡常州的高才生，1989年考入南京大学学生物化学专业。从小想当医生的他，在大学本科毕业时赶上了国家不再包分配工作，当时他的多数同学选择了去国外留学。徐霆觉得自己应该在国内潜心研究中国的医学，所以他考了中科院的硕士研究生。

"到了那里后，又发现同学们都在为国外留学做着准备。这怎么办呢？也算巧了，正好那时有个欧中兼职的留学招生，而且还是欧盟给奖学金——意大利的。我就去了……"听起来,徐霆的出国留学有些"被逼"之感。

"到了意大利后又发现不对劲,那个时候当地的政局特别混乱,经济也不景气,好像谁都不想正经做事。"徐霆无奈苦笑道,"怎么办呢?我和多数中国留学生一样,十分珍惜出国的机会,不能白白浪费时间。所以,人家意大利老师忙别的去了,不认真给我们讲课,我们就自己埋头写论文,完成该完成的科研任务……"

徐霆就是这样勤奋学习的读书人,生活中一点也不浪漫。本来他在意大利南部读书,那里的人又不讲英语,只说当地话,无法交流的徐霆就在那种环境下更加埋头读书——"书呆子"一个,但就是他这股不浪漫的劲儿,让枯燥的学业完成得井井有条。

回北京后,他以优异的成绩稳稳地拿到了中欧双方都承认的毕业证书。好学勤奋的徐霆开始了新的学业,1997年他拿到了博士学位。"一个月400元工资,我在北京连个像样的住房都租不起,怎么办呢?"望着一堆毕业证书,徐霆有些无奈。

"干吗还不出国嘛?你的博士文凭就是出国的敲门砖……走吧!留下来的前途可能是永远租不起房子住!"已经在国外的同学对他说。

就这样,徐霆又走了,一步走到了哈佛。那里有位做病毒结构学的教授,徐霆想拜师此人。这个想法很现实,也很有前途。但徐霆无论如何也想不到,突然有一天他的这位导师失踪了,怎么找也找不到……几个月后,有人找到了他的尸体。

这是一幕悲剧,让徐霆看到了美国的黑暗一面。

断了研究课题的徐霆，决定先把自己的生存问题解决了，于是只身来到波士顿——他要为自己和爱人寻找饭碗。

他进了一家创业公司。凭借自己的学识和中国人的吃苦精神，他养活了自己，也养活了全家。小两口添了小宝宝，而且是两个小宝宝，生活似乎进入小康了……

"全美都在搞生物制药，我也应该搞些名堂了！"徐霆决定在生物制药业"试水"，因为这期间，徐霆在几个教授组成的创业公司干了一阵子，明白了美国资本市场是这么"玩"的：这些教授听说核酸可以制药，可自己也没有什么核酸的研究专利，但他们知道美国中部有一家机构有70多项核酸研究成果。于是这几个教授就有了想法，说如果我们搞到一笔钱，就能把这家研究核酸的机构的成果买过来，再想法做药，或者卖掉赚一笔大钱。徐霆当时觉得教授们的说法有些玄乎，但最后发现教授们竟然真的"蒙"到了一亿元。他们真的花了7000多万把那些核酸专利买了回来。徐霆就跟着这些教授到处"谈生意"，寻合作。"想不到仅剩下3000来万元资金的我们竟然能跟辉瑞这样的大制药企业谈判，这个印象对我来说太深刻……我觉得自己也似乎能成大事了，因为我在那里已经当上了'资深科学家'，或者说是'首席科学家'了！这个时候又有一个机会，我就跳槽到了另一家全球闻名的药业公司，老板是意大利富商二代，这是一家以研究蛋白质来攻克病毒的生物制药公司，而且曾经是世界第三大生物制药公司。"徐霆以为在这样的公司工作，一定会前途无量，哪知道就在他努力奋斗、干到快第四年的时候，"花花公子"式的老板因为一场官司，被罚 7 个亿，结果老板把公司都卖掉了。

徐霆的命运再一次"飘"了。

时至 2006 年，一个国内的行业会议在无锡召开，有人建议徐霆到苏州园区"看看"，听说那里正要搞"生物制药产业园"。徐霆一阵兴奋，脚步飞快地来到"新苏州"一看，"当时我看到除了一片地里有几个木桩，好像没有其他什么东西……"徐霆对园区当时的"生物制药产业园"就是这个印象。确实，那时的园区生物制药产业刚刚在谋划，所以徐霆看到的与实际的情况并没有太大的差异。

"那时我的两个在美国的孩子还小，所以对于回国有些犹豫，于是又进了另一家新的制药公司……"徐霆在这家公司带领着一个团队，做药产品试验，也就是研发出成果药，而后逐步进行推向临床的一次次试验。

这是枯燥而又必须有耐心的过程，也是磨砺和考验一个新药能不能进入临床医治患者的关键环节。徐霆说，他在这个过程中学到了许多在实验室没有学到的东西，"既让我明白了科学研究的重要性，更懂得了医学科学的特殊性，尤其是以人为本的理念和医道的崇高与神圣性。另一方面我还获得了作为制药人如何走向市场运作的珍贵经验。"徐霆说。

从科学家到实业家，通常是两种完全不同的身份，但在生物医学界，似乎科学家与实业家是分不开的。我们所看到的生物医学制药者，他们都是身兼两种身份的人才。这个现象非常独特，那些从事生物制药的科学家们如此艰辛与不易，着实让人高看一眼。在苏州工业园区从事生物制药的"海归"中，我们所看到的一位又一位成功人士，他们几乎无一例外皆是如此。

徐霆告诉我们："在世界生物制药界，还有比科学成果本身更让人吃惊的事，那就是资本对制药业的影响。"

他后来加入了一个公司，因为离徐霆的小家所在地波士顿比较近，作为小团队的负责人徐霆开始在这个公司工作。老板投入4000万美元左右建起一个公司，从一个破落的公司买得两个新药成果，随后用了十年时间，投入六七亿美元，最后老板这个公司成功上市，市值一下子到了近60亿美元。十年，从4000万美元，加投入的六七亿元，不到八个亿的总投入，换来近60亿美元的最终效益。这让徐霆看到了生物制药业的资本力量。

这仅仅是一个"意外"。令徐霆更"意外"的是，这位老板隔了一阵，又将自己手里的公司卖掉，结果这回共卖了130亿美元！

十一年的时间，4000万元起家，"玩"生物制药，资本翻滚到130亿元！

"像做梦一样的事，竟然就在我的面前发生了！这对我内心的震撼太大了！我似乎明白了原来搞生物制药本身除了科学，市场和资本也像某些生物效应一样，无法预知，却几何倍地产生着作用……"徐霆如此惊叹。

研究病毒细胞对人类致病原理的科学道路异常险峻，而一个制药企业在产业道路上所面临的资本市场同样充满了未知风险。徐霆说，他在这个公司里经历了一个制药企业从无到有、从小到大、从大到强的全过程,"也让我了解到美国资本市场的奥秘所在。那个时候,我更加坚定了回国搞生物制药的决心,因为我想到了自己祖国太需要为我们自己的民众服务的生物制药产业"。对于自己的当时回国的心境,徐霆坦言道:"中国十三四亿人,又是癌症发病率很高的国家,如果不研发自己的生物药品,仅依赖于像美国这样的由资本操纵的生物药市场,不知要吃多少亏。"

"中国人要有自己的生物药!"徐霆的这份心与其他回国的科学家几乎都一样。

2008年,正当徐霆下定决心回国创业时,苏州工业园区的海外招商团队来到了波士顿。"徐博士,考虑得怎么样了?你一定要再到我们那儿看看呀!现在可不是你前年看到的那个样子了!全变了,道路、厂房、办公楼、实验室……连学校都建起来了!快回去吧!"已经成"熟人"的苏州工业园区的工作人员拨通了徐霆的电话,全程用英文兴奋地告知他。

徐霆笑了,心想:真是缘分到了。所以当下就回答道:"这回我真的跟你们走!"

"哎呀,太好啦!苏州见——"

"苏州见!"

2009年4月1日,金鸡湖边。那一天是愚人节。徐霆的"康宁杰瑞"公司正式成立。

最初的公司有些可怜:他招了两名工作人员,一名硕士,一名博士。博士姓郭,是位女青年,家住苏州北边的相城区。那时的苏州园区内仍在建设之中,郭博士从自己住处到徐霆公司上班要乘公共汽车，来回换乘好几次，而且当时的生物制药产业园很偏远。女博士走着走着，竟然哭了起来：这是啥鬼地方呀？

徐霆现在说起来仍感觉有愧于女博士，"但创业时就是这个样……"

回国后创业办公司，徐霆的事业是不是又要"飘"了呢？从来不浪漫的他，是不是又要陷入困境呢？

太阳西下时，徐霆在金鸡湖边徘徊过、思考过。但最后他依然坚信回国的选择没有错。因为在他困难之时，苏州园区向他伸出了温暖之手，相关资本也在殷切地关注他，而此时的徐霆也在摸索国内"小生意"的资本积累项目——他尝试着依靠自己的专长，做些蛋白质附加产品，卖给美国公司，有时一次赚个一两千美金，也有一两万美金的，小打小闹。同时，他又在苏北做了一个小化工项目，结果企业失败了，但研发的产品却成功了，他把这一成果卖给了一名浙江企业家，赚回了200多万元。这是一个有关环境保护方面的附带产品，并非徐霆的"正业"。

熟知生物制药行业特点的徐霆比谁都清楚：没有巨额投资，没有独立的科研成果，要想在生物制药行业中"混"，其结局只能是碰得头破血流。

难道命运又要让自己在这条生物制药的路上"飘"吗？徐霆当时面临的困难远非其他"海归"者可以想象。"因为我没有投资者"，所以他只能靠寻找和等待……

"任何一个生物制药企业的成功，必定是有自己拥有的独家科研成果，这是唯一可以让企业成长和生意做大的办法。"徐霆

万鸟归巢

第四章　药谷与药神们

非常清楚这一"铁律"。

2010年，徐霆嗅到了自己与生物制药可以共同"发力"的气息："国内开始大量进行生物类似药的研发，这一波我要争取赶上……"徐霆说了一个新概念。

何为"生物类似药"？徐霆解释：它并非仿制药，而是一种专利之外的治疗某种绝症的接近性药物。他举了当时治疗乳腺癌的用药，"如果进口治疗这种癌症的生物专利药，很贵，一支4万多元。显然一般人用不起，于是国内就开始兴起了制造类似的药，这叫生物类似药，以此取代昂贵的进口药。"徐霆说。

凭着自己在美国学习的知识和对生物药的理解，徐霆在"生物类似药"的开发中可谓频频得手，一连做了30多个药品，成为国内屈指可数的"类似药"提供商。徐霆坦言：如果当时沿着这条路走下去，也许可以让企业成为同行中的巨鳄。他举例说，香港上市的一家公司就是这样做了下去，如今市值达1000多亿元。然而徐霆又深感"类似药"这条路并非他的理想与追求，"有点拿着渔网在泥沟里捕鱼的感觉……"同行们也这样说他。

确实，在做"生物类似药"的那段时间，徐霆和他的团队显示出了巨大的创造能力，据有关资料显示，在2010年到2016年中国批准的临床可用的生物类似药中约有50%都出自他"康宁杰瑞"的开发和授权。国内著名的"齐鲁制药"在当时的中国制药界赫赫有名，同时也把生物类似药做得风生水起，位排全国第二，可与排在第一位的"康宁杰瑞"相比，它的成果只是"康宁杰瑞"的一个零头。"康宁杰瑞"手握的产品共有28个，"齐鲁制药"只有 8 个。可以这样说，当时徐霆和他的公司已经牢牢坐稳中国生物制药的第一把交椅，可以赚足金山银山。然而，执着的徐霆偏偏"见好就收"，而且做了个让一些人感到不可思议的选择——他要回归到自主知识产权的生物制药开发上去。

"不然就不是我回国的真正目的！"徐霆掷地有声。为此，他义无反顾地退出"类似药"的老大地位，断然地让自己和企业猛烈地"转舵"，也不再去为"挣小外快"而奔忙了。

他要重新"整装"出发。

有人在一旁开始嘲讽起来了：此人真的一点不浪漫，连做生意都不会！

搞原创发明的生物药，巨额资金何来？徐霆的命运是否又要"飘"起来了？

大家在看，他徐霆是不是又要"飘"一回了……

确实都在看徐霆，因为中国是仿制生物药的大国，他徐霆的方向就是生物制药界的方向。他"转舵"了，是啥意思？

徐霆并不在意其他人的眼光，只在意两个人的目光。

他们是制药业卓有成就的"天使投资人"——2011 年，这两人找到了徐霆。

在一番并不复杂的考察和交流之后，这两位制药界的资本巨头当即对徐霆表示："我们要向你公司投 1.1 亿人民币，占股 49%，你当大股东，公司剩下的所有事还是按照你公司的老样子干，我们不干预任何事，只管到头来跟你一起分红利。"

"有这么好的事？你们真的啥都不管？还是全由我来负责定

方向、搞市场？"徐霆觉得遇见了"贵人"，真有些不相信。

"就是这样。钱给你，事你定、你做。赚了我们一起分红……"人家说。

"赔了呢？"

"怎么可能赔嘛！你徐霆是什么样的人，我们早已清楚，生物制药界不能缺了你，缺你就不精彩了！更何况，你是脚踏着苏州这块美丽的地方。"

这一番话，让徐霆热泪盈眶，他确实也偷偷地流下了感激的眼泪……

在生物制药道路上探索了十余年的徐霆始终迎来了火红的朝霞。他开始可以完全按照自己的意志和方向去确定企业的发展方向和目标了——这是一个多么让他兴奋和向往的未来啊！

为这，徐霆差不多等待了将近二十年了！现在，他需要全神贯注、全力以赴地投入智慧和干劲，重新确立企业科研与发展规划。毫无疑问，通过蛋白质工程，利用免疫系统攻克癌细胞对人体和生命的破坏作用，这是生物药的大方向。徐霆也不例外地朝着这一整体方向，运用自己在研究蛋白质结构方面的优势，在寻找攻破癌细胞的靶点上苦下功夫。

"肿瘤免疫细胞的提高，是当今人类通过生物药可能延续生命的一个突破口，而一些新药是否能够找到其攻克癌细胞的靶点，是我们生物制药研究者和生产者的头等大事。"2016年，一向低调的徐霆突然向外界宣布：他的"康宁杰瑞"计划募资20亿元成立全资子公司江苏康宁杰瑞，专注新一代创新生物药的开发。

大本营还在苏州的金鸡湖畔,"江苏康宁杰瑞"与原来的"苏州康宁杰瑞"的差异在于:前者是后者的"新生儿",专注做新药;后者是前者的"母亲",专门为"新生儿"成长壮大保驾护航。

谁说"理工男"不浪漫?谁说徐霆爱低调?只是机会未到,机会一到,他这个"理工男"比谁都活跃,他徐霆"搞出生物新药"的腔调比谁都高!

而今他真的来了,大踏步地来了——

"搞创新药的人,前期如果自己不是资本家,没有大资金,那么你的任务就是低下高傲的头颅,做个谁也可能看不起的小人物,你的第一大任务是让企业活下来。只要不死,机会就在前面等着。虽说别人可以在前面等你,但你还得低着头,埋头做出让人相信你是可以成大器的事来,比如你有研发新药的能力和团队,比如你的企业积累了许多市场经验,这都非常重要,这就是生物制药绕不过的'套路'……"

"套路"可以遵循一种坚忍的意志和力量,或许能够达到目的。然而面对癌症这样的疾病顽敌,"套路"在这个时候变得一无可用。唯有相信科学,具备不懈探索的科学精神,方可找到出路。

人类在对付癌症的道路上,从20世纪下半叶至今的几十年里,无数医学科学家想尽了各种可能和方案,也进行了N次方的实验,然而仍然收效甚微,不是人类不够聪明,而是"敌人"太狡猾、太猖獗,癌细胞对人的正常细胞的破坏,可谓无孔不入。怎么办,用什么方法制止和打击它的疯狂袭击呢?生物学家们所做的一切实验和努力都是为了找到这个办法。最后人们发现,似乎有一种办法可以阻止癌细胞的无情扩张和对其他细胞的摧残，那就是"有效打靶"，"靶"就是癌细胞本身。

靶点是何处，何处最有效？又是一个极其复杂的问题。因为细胞万万千千，准确击中，当然是好，可如果误击了，不是让癌细胞更得意吗？所以寻找能够击败癌细胞的"靶点"，是这些年来生物制药人和科学家们所倾注力量最多的地方。

作为蛋白质结构专家的徐霆也不例外。他选择的突破点也是力图通过改变蛋白质结构来攻击癌细胞，以消减其对人体的危害——哪怕只是延长患者三个月的生命，也是一场革命性的胜利！

徐霆几次提到，人类战胜癌症的道路上还有很漫长的征程需要走，延长一个患者三个月的生命，就是一枚生物新药的伟大功绩了！呵，这癌症还真是人类异常可怕的敌人啊！

"你是生物类似药的发明制造高手，何不'全面开花'，通吃通喝？"有人发现，徐霆当真开始做自主知识产权的生物新药时，又那么谨慎，只做一两个品种，而不是做得越多越好。为什么？真有点傻嘛！暗地里，有人窃窃私语地嘲讽他。

徐霆知道别人这样议论自己，轻轻一笑，回答说："我和公司能力有限，把一两个新药做好，就是最大的心愿了！"

他真的开始集中精力和智慧，以及公司的财力、物力和人力，用三年时间，严严实实地构建起了一条抗肿瘤产品的管线，并成功完成了PD-L1-CTLA-4双抗KN046、Her2受体双表位双抗KN026等两个新药产品的临床研究并推向市场……

一个公司，一两个新药，这是徐霆的方向和基本目标。他真的一步一个脚印地用了几年时间完成了。其结果是：

公司于 2019 年正式上市。其市值达 150 亿元……

呵，你说徐霆浪漫不浪漫？太浪漫了！生物制药业参与者千千万，活下来的并不多，成功者更少，一个公司能拥有独立知识产权的更少。徐霆说，我们"康宁杰瑞"做得比较保守，做好、做专一、做精细、做高端是我们的目标。

瞧他说的，依然一点也不浪漫！

然而又有谁知道，其实徐霆和他的团队虽然现在只有一两个在世界生物市场上公开销售的新药，而在这两个新药之下，已经有了 8 个子项目在延伸开发，其中有 6 个都属于双特异性抗体系列新药，备受行业瞩目的 PD-L1-CTLA-4 双抗 KN046 更是成为世界生物新药中的"王子"而独放光芒，拥有巨大的市场竞争力。

"徐博士，你那么有能耐，何不多搞几个新药，多占些市场份额？"成功后的徐霆，还总是被别人这样问。

徐霆则依然是一副不紧不慢的样子，答："已经不少了，能再做成一两个就心满意足了！"

看起来，他研发新药的步子真的很慢，公司的核心产品依然在 KN046、KN026、KN019 的研发及商业化上；然而，行内的人发现，徐霆和他的"康宁杰瑞"的效益要比其他貌似超大的"药业"好得多！

呵，后来我们明白了，徐霆干什么事，从不求表面轰轰烈烈，就像他选择公司上市的时间一样——（2019 年）"12 月 12 日"：

一二、一二、一！一二、一二、一！……

呵，真不浪漫！呵，真的不浪漫？

不，徐霆他太浪漫了！他的浪漫完全在他的"不浪漫"之中——独到的眼光、未雨绸缪的决策、顺势而下的行动、精确科学的布局和对待财富的心如明镜！

他就是这样的浪漫者。

金鸡湖本来就是一片浪漫之水。凡是沾一滴金鸡湖水的人都会是浪漫之人。

晨沐金鸡湖

阳澄湖自行车道

金鸡湖端午龙舟赛

第五章

"你好，金鸡湖"

以工业园区和苏州为舞台，科学家也好，企业家也好，他们都以各自擅长的舞姿，演绎优美而精彩的人生剧，展现着别样的美与旋律。

而在这独特、庞大的舞台上，还有一批富有浪漫气息的实干家、艺术家，有以梦为马、逐梦前行的教师与学子。他们矫健的步伐、坚定的理想，以及优美的舞姿、漂亮的歌喉，让金鸡湖上多了许多波涌与光泽、溢彩与激滟……

姑苏之美，是因为小桥流水分外动人。苏州园区之美，自然是因为那湾晶晶亮的金鸡湖水的映照。而金鸡湖之所以美，是因为一场伟大的时代变迁，让她变得如诗如画。

两年前，在纪念改革开放四十周年之际，我们曾站在这片美丽的湖畔，写下了这篇诗稿《金鸡湖的诉说》——

　　一千年前，还没有成形的我
　　已经荡漾在这片水孕育成的土地上
　　一百年前，人们则说我像含苞待放的少女
　　亭亭玉立在姑苏城的东方
　　于是，我也有了一个名字——金鸡湖
　　这名字就像水世界里的维纳斯一样响亮
　　多少个梦里我把自己打扮得金光闪耀
　　想向世人说出久藏于心中的那个理想
　　多少个黎明，我早早苏醒
　　期待着真正属于我的那一声清脆的报晓

　　呵，我终究没能，也终究不能
　　因为那些岁月、那些春秋
　　陪伴我的稻田与耕牛
　　总在呻吟着吃不饱、吃不好……
　　我无力改变自己，也无力改变他们
　　只能在大雨天的时候为其排洪泄水

在干旱的季节充当"输血者"

最后连自己都不忍目睹自己的模样……

这就是昨天的我

昨天的我和我们都在贫困与贫乏中

抚摸着自己饥饿的肚子与不断流血的旧伤……

突然有一年

邓小平和李光耀握手在狮岛

两位巨人用中文约定了一件大事：

把新加坡模式搬到中国的苏州

搬到苏州的金鸡湖旁……

这是真的吗？

真的。那天抚摸着我的脸

来证实这事的就是李光耀

他站在我身旁激动而又昂扬地对着天说道

我们是小岛，中国是大陆

小岛与大陆的合作

再把一个新苏州造！

你来见证

你来指导

新加坡资政如此深情地凝视着

我那碧波荡漾的身姿

说得我怦然心跳……

也许从那一刻起

我才明白"园区"对我的意义

和我义不容辞的担当

我的担当，很具体，也很高尚

没有人给我提出要求，也没有GDP的指标

然而我知道：我必须保持本色、保持清澈

不让那些油渍和有毒的气体在我身旁

这就是我最重要的担当

我明白、非常地明白——

保持我的清澈

就可以让这片土地摆脱落后和贫困

走向繁荣与昌盛

我明白，也清楚

保持我的本色

就可以让人们

每天看到蓝天

看到家门前的鲜花盛开……

二十多年了

二十多年里我始终恪守着

这份神圣和庄严的担当

如果你想检验

那么我愿意带你到"生物科技园"去看看
因为那里的每一座工厂和实验室都像花园
我更愿意带你到大学城走走
因为那里有绿荫下一对对情意绵绵的恋人
和陶醉你心田的书声朗朗
自然，我更愿意带你到我身边的咖啡馆
因为在那一阵阵飘香中
圆满和完成了一个又一个中外合作……

呵，金鸡湖呵金鸡湖
有人甚至说我：你是否有些自恋？
那我——真的想告诉他：
我确实很爱自己的名字
因为它象征了一个新的人类共同命运体
也代表着千年古城的一个新时代

今天，当我们再次站在金鸡湖畔时，依然心潮澎湃，很想再一次吟诵金鸡湖新的诗篇……

这首诗自然应该是关于一湾湖水与一群"飞鸟"的故事。园区管委会的工作人员告诉我们：曾经这片以水稻田为主的庄稼地，如今成了全中国乃至全世界都屈指可数的公园式工业区，每年为国家创造近 3000 亿元的生产总值，财政收入达 377 亿元（2020年度），也就是说，这块"巴掌大"的土地平均每天为国家创造了 1 个多亿的经济效益。这在全国工业开发区中是独一无二的，堪称国内新经济体中罕见的一个典范。

我们可以总结出这个园区的诸多成功经验，然而唯独让苏州人感到无与伦比的骄傲与自豪的一件事是，他们在这片土地上筑起的"巢"太美、太温润，羡煞他人。因此今天，在这片绿荫密布、到处充满生机和诗意的土地上，积聚了数万从全世界尤其是欧美发达国家归来的留学生和专家学者，他们中的许多人已经是国际同行中的佼佼者或专业领军人物。最初与新加坡合作的时候，园区是采用了单一的经济体模式规划和发展起来的。然而现在的苏州工业园区，已经不再是纯粹的"工业"和"经济"了，从实际的情况看，它某种意义上也远远超越了"做生意"与"办工厂"的氛围，它是真正意义上的"园"了……

"园"是什么呢？古代称"园"为种植果树、蔬菜或养殖家禽的地方，还有人所居住的"庭园"。因此在中国人的词语和生活中，"园"是一个范围的一个场所。

后来"园"在外国人那儿，后面便多了一个字，有了一个词叫"园区"，英文称 campus，解释为区别于独门独户、比社区更大的区域，通常具有经济产业的专业特点。新加坡与苏州合作时定名为"工业园区"大概就是这么考虑的。

中国人以前没有使用过"园区"这一概念。苏州是最先出现"园区"二字的国内城市，所以现在我们到苏州，只要一说"园区"，就知道是那片郁郁葱葱的新苏州地域。

经过近三十年的发展，我们发现，如今的苏州工业园区相比建设初期所呈现的形态有了巨大变化。显见的是，经济形态在变，而且更加富有经济特色。一直以来，苏州工业园区的经济始终高速发展，每年经济总量的增长水平也远远超过同类经济开发区；尤其是外贸经济方面，一直位居全国之最，独领风骚。

我们意外和惊喜地发现，如今的苏州工业园区，与其说它像个大工厂，不如说它像个大公园——这里每亩面积的经济总量在全国数一数二，但你身置其中似乎看不到什么厂房，因为几乎所有与工业有关的房屋都被掩在绿荫环抱之中、鲜花簇拥之间……目之所及皆是连片的绿化林丛和湖水河流，宽阔整洁的马路——不见尘土且畅通无堵，两侧百花争艳、赏心悦目。偶见的几栋高层建筑，不是体育馆、科技馆，就是美术馆、艺术中心、博物馆，或是儿童游乐园、图书馆、咖啡书吧等。在寸土如金的姑苏城，开辟出这般自由舒适、如诗如画的花园式家园，你还能在世界上找出第二个可以与之媲美的地方吗？

我们现在明白了，为什么那么多"海归"像候鸟南归般飞往这里。原因其实很简单：如果姑苏是"天堂"，那么园区就是"天堂"中的"天堂"，谁能不爱上它呢！

归根结底，苏州工业园区之所以能让人爱上它，首先是因为它让你事业有成，并且成为行业中的佼

月光码头

佼者；然后在你闻名四方、生活富足的同时，也让你有归家之感，从而心甘情愿地于此扎根……这就是苏州园区的魅力，也是苏州园区繁荣发展的根本所在。

有人到了苏州金鸡湖，总问为什么这里的水那么清澈。江南天堂里的水确实与众不同，它的清澈是见底的清澈，丝毫不存杂质，而且这水格外柔软温润。于是有人又问它为什么清澈而又这般柔软湿润？这是因为这里的自然气候与人文社会皆和善温良、风调雨顺，少有疾风骤雨、雷霆冰雹。春天，它吹的是和风；夏季，刮的是凉爽的轻风；秋日，处处飘满的是桂花香；就连冬雪也似透着暖融融的可爱……这就是苏州。这就是金鸡湖畔的风月，在这里你无法将"强蛮"与"暴力"等词形容在任何一处，而且在此生活久了你会发现，自己的语调也自然而然变得软酥酥的了。

曾经有位来自新西兰的华裔科学家说过这样一句话："你不爱金鸡湖畔的园区，是因为你没有走过世界各地；如果你走遍了五湖四海，就会发现原来最美的地方就在你工作的地方——苏州工业园区。"

在园区采访的日子里，我们听得最多的话，大概也是这一句。毫无疑问，苏州工业园区所垒筑的这座金色之"巢"，已经牢牢地将"海归"们的心拴在金鸡湖畔，而这也正是这片土地最温暖的地方——

⟨13⟩ 生根的超级马拉松

现在,苏州工业园区的生物制药产业片区紧靠昆山。那个地方原本皆是农田和水汪汪的低洼地。过去,那里的百姓从家门口走到苏州城里看一场评弹,如果是晚上,得颤颤巍巍地在田埂上走三个多小时;后来有了脚踏车,七弯八拐,也要骑上一个半小时。而如今宽阔的马路四通八达,汽车油门一踩,一二十分钟便可达老城的观前街……翻天覆地之变,仅在弹指一挥间。

但是还有一种变化,没有想象力则难以相信:一个搞经济、做生意的地方,竟然会吸引世界文化艺术和体育界的巨星纷纷涌入,而且营造这般风潮的"掀浪者"原来还都是些"生意人"。

是何原因?

我们调查得出的结论是,因为他们爱上了这里,所以他们倾心倾情地呵护着这片土地,成为新一代苏州人。

他们是曾经的"候鸟",现在他们已经是这片家园的主人……

胡颖就是其中的一位代表。我们的一次见面显得匆匆忙忙——她气喘吁吁而来,又气喘吁吁而走。

她说,她刚刚在金鸡湖畔跑了大半圈,剩下的小半圈还要跑完。

她说,她在金鸡湖边已经跑了十四五年……

"你是马拉松运动员？"我们突然的一问，让她笑了："我不是，但我也能跑，而且我已经参与承办'苏州环金鸡湖半程马拉松'很多年了。"

原来如此。

看上去娇小的胡颖，竟然如此热衷马拉松，她更是在苏州工业园区管委会的指导与帮助下，将金鸡湖变成了国际马拉松的重要场地。这很令人意外，也引起我们格外的兴趣。

她也是一位"海归"，但并不是苏州本地人。

"我是浙江嘉兴人。"胡颖说。嘉兴距苏州并不远，汽车一个多小时的路程。请她介绍是怎么来到苏州园区工作时，她说，她是跟着他人做生意来到苏州园区的，然后，在园区做生意的过程中，她认识了一位苏州本地的男生，后来成了苏州媳妇。之后，她因为生意爱上了马拉松，又因为马拉松而成为一年一度的苏州环金鸡湖国际半程马拉松的"女教主"……她以不同于科学家的身份在苏州工业园区获得了他人的尊重。

小女子一个，在大苏州里竟有一席之地。

2002年，已经工作几年的胡颖到了法国，学习国际工商专业。那个时候中国刚加入WTO，开放的中国让全世界都兴奋起来，一些欧洲商人的目光开始投向东方。"他们希望了解中国的情况，考察具体的投资地，等等，于是我们中国留学生就成了这些外国商人的'拐杖'——翻译和导游。"胡颖拿的第一份"洋工资"就是做这样的事。

她很开心：既可以回国看看亲人，又能赚点学费，还能结识各界人士，学会一些社交本领。

后来，胡颖到了英国工作，公司在苏州工业园区有分部，她便被派回苏州，担任苏州公司副总经理的职务，后来升为总经理。就这样，胡颖踏上了这片离她出生地不远的土地，自此，也把自己的事业和血脉留在了这里。

"一晃就是快二十年了呀！"胡颖现在已经能说一口不错的吴侬软语了。"我爱人和孩子及他的爷爷奶奶都说标准的苏州话，我是受他们影响的。"她笑道。

第一次带外商到苏州园区时，胡颖还是个刚二十出头的姑娘。由于她从小对苏州比较熟悉——嘉兴与苏州是近邻，许多生活和文化习惯都比较接近，加上"双语"的优势，胡颖的"中介"水平越来越受到外商的看重，他们的生意在苏州的落地概率也特别高。如此一来二去、三番五次，随着一批又一批外商来到苏州园区，胡颖从他们对苏州工业园区的好感和生意的成功率中看到了另一种与她有关的商业信息。

既然有越来越旺的需求，何不干脆当个"中介人"，开个中介公司？浙江人的商业意识本来就强，加上留学攻读的专业又是国际商务，胡颖自然而然地想到了这一层。

"好啊，我们太需要你这样的'桥梁'了！"园区工作人员对胡颖伸出了热情和温暖的双手。

从小翻译变成"胡总"的胡颖，开始在苏州和欧洲各地之间不停地来回"飞"……这一过程让胡颖区别于园区的一般商人：人们似乎都喜欢她，甚至常常依靠她，而伶俐的她办事风风火火，

苏州奥林匹克体育中心

万鸟归巢

第五章 "你好，金鸡湖"

说话软软绵绵，于是很快就成为园区的明星人物。尤其是创业和建设热火朝天的岁月里，一个青春活力的女子形象成为金鸡湖畔的一道靓丽风景……

作为园区的年轻"女强人"，胡颖被推荐为全国妇联执委会委员，成为园区"海归"中的代表人物之一。

此时的胡颖更像一只活泼知性的黄鹂鸟，她将自己的青春激情和聪明才智，全部投入"引鸟入巢"的工作之中。同时，她也不断从"中介"的过程中，总结发现"海归"和外商们的需求及愿望，从而做出有利于园区发展的事。

"颖颖，你知道吗？金鸡湖的马拉松赛道已经修通好几千米了。你不是爱运动吗？早上和晚上都可以去那里走走。晨迎清风，晚看夜景，美不胜收哟！"一天，园区的小姐妹对忙碌中的胡颖说道。

于是，胡颖抽空到湖边走了一圈，果然——原来金鸡湖真的美如天景！

"Miss Hu，你也经常来运动？"这一天，她看到一位熟识的欧洲商人Z先生在湖边尽兴地奔跑着。

"原来Z先生是长跑运动员呀！"胡颖以前只知道对方是位出色的商人，并不知道他还是位长跑运动员。

"是是，我参加过多次马松拉赛……下个月又要回伦敦了，那里的马拉松赛很热门，我必须参加！"Z先生边跑边说。

"这……不会影响您这边的生意吗？"胡颖关心道，因为他们一直是她的服务对象。

"生意可以不做，但马拉松赛我不能不去……再见！"Z先生潇洒地向胡颖挥挥手，转眼消失在金鸡湖边的灯光下……

这一天，漫步在金鸡湖边崭新的栈道上，胡颖浮想联翩：世界上著名的城市都有马拉松赛，而有许多外国商人，他们既会做生意，同时又热爱体育运动，甚至还有像Z先生这样的"马拉松迷"。苏州这么美丽的城市——世界著名的中国"天堂"，能不能也有自己的马拉松赛呢？那么大家就不用像Z先生这样，还得专门抽出时间回到自己的国家去参加比赛了。

这一夜，胡颖辗转反侧，难以入眠：如果我能把苏州金鸡湖国际马拉松赛搞起来，会是怎样的情形呢？会有人参加吗？苏州和园区会支持吗？

第二天一早，胡颖的心怦怦直跳：她要找同为"海归"的朋友聊一聊，听听他们对这件事情的想法。

"太好了！你要是把这事搞起来了，就等于给苏州园区的金巢上又镶嵌了一圈钻石呀！"老朋友们一听胡颖的想法，纷纷兴奋地回应道。

"只要你搞起来，要人、要钱，你说一句话就行！"有钱的老板们更是豪气冲天。

"你也想搞马拉松？还是国际马拉松？"园区管委会领导听了胡颖的话，拍手站了起来，豪情万丈地告诉她，"太好了，我们正好在筹划。小胡啊，欢迎你加入我们的筹备组！"

"你们支持？"胡颖不敢相信。

"当然支持！双手支持！全力支持！"

"太好了！我、我一定争取把它办成！"胡颖激动地捂住胸口。那一刻，她真怕自己的心脏会蹦出来。

"哎，有件事想听听你的意见，你一定要支持啊！"那个时候的胡颖与爱人正值热恋之时，两人相约在金鸡湖边散步。

"什么事我没有支持过你嘛！"苏州小伙对女友本就千依百顺，问胡颖到底什么事，"是不是又想开家公司？"

"嗯，差不多，但规模还要更大……"胡颖卖起了关子。

"大到什么程度？不会是国际托拉斯吧？"

"还要大一些！哈哈哈……"胡颖说完，瞅着男友那张吃惊的脸，忍不住大笑起来。

"快说快说，是不是我也可以当个跨国公司的二老板了？"苏州小伙其实也挺幽默。

胡颖得意地说道："好，现在我批准了，某某同志为苏州金鸡湖国际马拉松赛组织委员会特别副总裁……"

"什么！"男友高声追问道，"马拉松？你要搞国际马拉松？是不是真的？"

"是真的！"胡颖认真道。

男友突然张开双臂，一把将胡颖搂住："你要真把马拉松搞到了苏州来，这一辈子在苏州地面上，那真叫牛皮可以吹到虎丘塔顶上啦！"

"哎呀！你支持这事呀？"这也是胡颖没想到的，尽管她知道男友几乎什么都听她的，但她一个小女子要把"国际大事"揽在自己的肩膀上，男友这么痛快实在稀罕。

"不但支持,而且这个特别副总裁的位置,你绝对要说话算数啊!"苏州小伙这回来劲了。

"一言为定!"两人用手指拉起勾来。

"但是后来才发现,想在一个地方将一项国际赛事办起来,真的不比开一个公司、做一笔生意那么简单,而且是跨国、跨界,甚至跨行……"胡颖说。

这份艰辛其实也一直是我们存在心头的疑问:一个小女子,一个完全的外行人,竟然能在一个工业园区,成功办起一项国际赛事、一项具有世界影响的运动,这中间到底经历了怎样的辛酸苦辣?

"怎么说呢?开始是无知,所以才无畏。后来是知畏了,可又无法逃避。再者,如果不是因为爱上了这个地方,不是因为想让那么多'海归'和外商'动'起来,不是因为想看苏州和园区更加放射光芒,能够亮堂堂地'活'起来,我恐怕真的会半途退却!"胡颖坦言。

在一座毫无马拉松赛举办基础的城市,办成一项具有国际影响的世界级赛事,过程中有多少困难可想而知。

首先,胡颖必须了解马拉松的基本知识,关键是举办马拉松比赛需要具备什么样的基本条件,这指的是举办地的环境与运动范围。胡颖初步了解后发现,虽然苏州园区被誉为"天堂里的天堂",但金鸡湖环湖所能提供的跑道与马拉松比赛的实际要求相差甚远……之前修饰和营造的湖景,其建设方案和方法,也与马拉松比赛所需要的方案截然不同。面对这样的差距,胡颖如何去解决与协调呢？

"当时请了马拉松方面的专家来园区，特别对金鸡湖边原有的道路与条件做了评估。专家们提出了至少三五十个具体问题，而每一个问题放在我的面前就是一座山，压得我喘不过气来……"回忆起这些事，胡颖几乎有些眼泪汪汪了。

然而令胡颖没有想到的是，园区和苏州市的各级领导，以及相关方面的管理者，竟然将这些需要解决的问题一一纳入了城市建设和园区公共事业发展的规划之中，而且作为年度的"急办项目"，落到人头抓到底，很快就在规定的时间内全部按照马拉松比赛的要求予以改正甚至重建。

"这是多大的工程！涉及的单位和企业，以及个体经营者、普通百姓得有多少呀！"胡颖感叹，原来自己以前从来没有了解过何为地方"父母官"，也从没有真切地感受到什么叫作中国共产党领导下的社会主义制度的优越性。"这回通过环湖马拉松道的建设和周边环境的整顿工程，我对此有了亲身感受，两句话——中国共产党和社会主义就是好！苏州和工业园区做事就是与众不同！"

需要当地政府出面解决的事，好像做得差不多了，胡颖似乎刚刚能够喘口气，但转头，有政府方面的人就笑眯眯地问她："小胡总，这马拉松赛是不是国际的呀？"

"是的。肯定要国际赛才有意思，那才是真正的马拉松！"胡颖答道。

"好，好，这好。那，你能请得动国际上那些运动员吗？"

"这个我有办法！"

"想听听你有啥办法？"

"我已经跟香港国际马拉松机构谈妥了，请他们出面邀请外籍运动员……他们有经验，已经办过好几届了！"

"嗯，明白了。"对方想了想，又问，"那，国家层面会不会批准我们苏州搞马拉松呢？"

"这个现在还不是太清楚，我们国家改革开放后，许多城市、许多地方都想办马拉松，听说国家体育总局里的申请报告都堆满了……"胡颖道出实情，其实这也是她特别担心的。

在一次筹备会上，胡颖将这个问题提了出来，园区的领导当即拍板：去北京，去北京吧，去找国家体育总局的有关部门。

到了北京，有关部门的人说："苏州当然是不错，上有天堂，下有苏杭……但举办马拉松这事不一定非苏州不可，有许多省会城市都在申请呢，而且申请报告早就送来了。"

"苏州虽然不是省会城市，但 GDP 数据……"胡颖努力争取。

"这个我们知道，可是……"

"苏州更厉害的还有人才，"胡颖理直气壮地说，"苏州籍院士在全国最多，苏州工业园区现在拥有的世界级人才特别是'海归'人才，在全国也是第一……"胡颖报出一连串数据。

"可这跟马拉松有什么关系？"

"有啊！"胡颖开始滔滔不绝，"世界级人才聚集的地方，往往就是体育运动特别兴旺的地方，比如硅谷所在的旧金山，就有著名的马拉松赛，它比纽约和华盛顿的马拉松赛还要有影

响呢!"

"嗯,这倒是符合现在中央提出的发展理念和世界视野。好吧,我们会认真考虑一下苏州的马拉松项目的……"

结果,胡颖人还未回,好消息已经提前"飞"到了苏州。

"祝贺祝贺!"

苏州环金鸡湖国际半程马拉松赛

"这个小细娘还真的蛮厉害的呀!"

胡颖的名气就这么在苏州和园区响起来了,其中还有一个缘故——她已经成了苏州媳妇。

两个关键问题都解决了,还有两个更关键的问题同时摆在胡颖面前:举办活动的钱从哪里来?到底有多少人参加?没有资金,根本办不起这样的国际性赛事，如果苏州首次举办马拉松比赛就掉了链子，以后再想举办也就不可能了，苏州在体育界的面子更是难以收拾；而堂堂一场国际马拉松，如果只有三三两两几个人参加，那更是丢人现眼的事。

胡颖说，她若早知道会有那么多问题，绝对不会去惹"马拉松"，不如舒舒服服在家喝喝苏州小黄酒、大口大口吃肉松得啦！

"园区政府支持了一大部分经费，其余的钱还要想办法筹集。园区的企业家、白领、'海归'朋友们也确实捐了一些，但毕竟还有很大差距。你得去努力争取，争取不到的时候你自己就得砸锅卖铁呀！"这些事胡颖都干过，但这些"苦水"她不想倒，"哪个人创业没有苦？苏州和园区现在看着那么美，可建设的时候不也是付出了巨大代价嘛！我高兴、我愿意将马拉松这事搞起来、搞成功！家里人支持我，园区也在帮助我，遇到困难、遇到越不过的坎时，各方都向我伸手，这是我最大的动力……让我更感到为苏州、为园区做事值得、舍得！"胡颖再次眼泪汪汪了，这回她是被苏州和园区对她的帮助所感动的。

在外人看来，一场马拉松不就是几百人、几千人、几万人走一走那么回事嘛，可"当家人"胡颖比谁都清楚，即便万事俱备，准备开跑了，谁来协调和维持沿途的交通安全？谁来帮助和照看运动员，为他们加油鼓劲？谁来为可能发生意外的运动员进行及时抢救？……总之，一场马拉松对参赛选手而言，只是做好充足的准备，撒腿就跑；而对胡颖来说，她就要化身"超级管家婆"，包括新闻媒体都得安排和关照到，甚至还要考虑到看热闹的老百姓，以及比赛结束后的环境卫生，等等。

成功了！

2010年，第一届苏州环金鸡湖国际半程马拉松赛成功举办，参加人数达5000余人，而且有数十名世界级的外籍运动员参加，完全达成了国际马拉松赛的规则与要求。

影响非凡。

一次马拉松，使得苏州和工业园区的影响力像冲天火箭般，赢得了世界瞩目。

"胡颖，继续搞，下一届要办得更好！"

"胡颖，明年我们都参加，参加你们的苏州金鸡湖马拉松！"

……

于是，胡颖就成了卸不掉担子的苏州马拉松"著名体育人士"——这个称号连她自己都感到意外："我根本想不到来苏州竟然得了这个名，做了体育呀！"

以前，苏州金鸡湖边难见几个跑步的身影；现在，金鸡湖边、太湖边、阳澄湖边，不管是清晨还是傍晚，跑步的人都有许多。他们之中，有外国人，有退休的老人，有年轻的白领，有青春的少年，有一对对夫妇和情侣。

于是，人们欢欣地喊出一句动听的话：现在的苏州已经"动"起来了！"动"得那么有朝气和活力！

于是，热情的人们"推"着胡颖，将苏州环金鸡湖国际半程马拉松一届接着一届地办下去，而且报名参加的人数一届比一届更多。到2015年，马拉松的参加人数已经达到3万余人。

呵，这就是苏州和苏州工业园区的又一张名片。

马拉松真的对城市经济发展有好处吗？

"当然有！"说话的是某跨国公司总裁 E 先生。E 先生原来体重超过 110 公斤，过度超标的体重增加了他的身体负担，也影响了他的工作效率和企业效益。E 先生曾经非常痛苦地想离开苏州，辞职回家。但后来，他看到金鸡湖边越来越多的人在跑步，个个充满活力和阳光，他很羡慕，于是也跟着迈开了自己的双脚……开始是 1000 米，后来是 10000 米，再后来是 5 万米、10 万米。

"我也要参加马拉松！"再后来，他竟然报名了马拉松，而且之后的每一年他都坚持参加了……

如今，E先生的体重减到了80公斤，肌肉发达，看上去年轻了十来岁。他高兴地跟朋友说："我的体重减了，但我们公司的效益比以前高出了一倍多！现在的我，准备在公司再干它十年，因为苏州和园区太美，我舍不得离开这里。"

像E先生这样的故事，在金鸡湖边就像湖里的鱼儿一样多，这是胡颖最喜欢看到和听到的故事。她和爱人带着四岁的小宝宝，在金鸡湖边为我们讲述了她的"马拉松"、她的苏州"生意"和她的园区"家事"……

胡颖也创立了自己的苏州汇创体育文化发展有限公司。随着苏州的发展，公司的"汇运动"品牌近些年已经实现团队标准化管理，将苏州园区模式复制到全国各地，如宁波、南京、哈尔滨、常熟，等等。"汇运动"秉承苏州传统的工匠精神，如同园区很多"海归"创业企业一样，正慢慢地成为行业冠军。而十多年的全国各地各类大型体育活动的举办经验，使得胡颖积累下大量的资源，现在，她可以笃悠悠地喝着苏州小黄酒，热情招呼全国乃至世界的"跑友"，也从侧面为苏州的招商引资、招才引智贡献自己的一份力量。

14　田园上的放飞

　　苏州工业园区原是一片水乡田园。水乡的田园在农耕时代也很美，人们在田野上劳作，稻香飘逸，麦浪滚滚，金黄色的油菜花遍地，还有春燕衔泥、桃花散红、柳枝摇曳，这都是往日江南水乡的田园风光。当然，北方和其他地方的田园都有各自不同风格的美。总之，人们一提起"田园"，总会与诗情画意联系在一起。

　　田园是人类向往的地方，是精神寄托之处。

阳澄湖

田园因文人墨客挥洒了过多情感而变得传奇与经典，变得富有浪漫色彩，让人想入非非。即便是生活在高度现代化大都市的人们，也依然喜爱田园的风光。

那里有清风，那里可以自由放飞，那里能够抒发你在其他地方不能诉说的情与爱……

田园在青年人心目中是希望，田园是老年人不舍的那份怀旧。想给自己的孩子起名"田园"的人一定很多，但真正有勇气把孩子的名字起成"田园"二字的，只能是那些真正有情怀的父母们。

在苏州工业园区的万千"海归"中，我们就见到了这样一位"田园"。她是一位成功女性，看得出从小到大都是个漂亮姑娘，父母对她的爱不言而喻，对她所寄予的希望也一定是无限的。

其实，"田园"二字里还蕴含着"家园"的概念，不管是城市还是乡村，不管是国内还是国外的，"田园"都代表着人们对理想家园的一种眷恋，它包含了自在、宁静、平安、幸福和自然等种种元素。

这大概就是田园的父母为她取名"田园"的由来。

我们现在见到的田园可是个纯粹的北方人，母亲为满族，父母在她出生前据说也并没到过江南。但自打宝贝女儿出生的那天起，似乎冥冥之中，父母就将对女儿的美好期许寄托在了与家乡截然不同的地方。

童年时代的田园肯定没有想过自己未来的命运会与苏州联系起来，但她知道"上有天堂，下有苏杭"，她名字里的那个"园"注定会被这句话的含义所搅动。

是的,命运竟然真的让她的那个"园"与苏州的那个"园"——苏州工业园区连在了一起,而且如今两个"园"已经成为命运共同体。

对于这种"解释",田园默认了。

"田园的命运真的已经和苏州这个'园'牢牢绑在一起了!但我感到开心和幸福,感谢这样的安排!"她这样说。

把园区视为自己一生的事业与幸福的家园,这种情怀让苏州工业园区生发出更多情与诗的品质,更让这块产出超一流的经济发展速度和GDP的黄金土地,多了浓浓的富有姑苏风雅又具现代时尚文明的新文化积淀,而这也使得老苏州从细腻、温润、精致、柔性中生发出阳与刚、勇与力、浓与烈的特质。这或许是当年在中新合作远景中不曾涉及和预料到的,然而现在,它已经实实在在、非常清晰地呈现出来,也让园区不再仅仅是金钱的摇篮,更是充满情与爱的家园。

如今的园区显得越发醇厚,如本地的老黄酒一般叫人心动叫人馋。

这里,我们先把田园放一放。在采访她之前,我们还见了另一位浙江"小伙"——他看上去很年轻,但其实已经扎根园区十几年,在制药业颇有影响,并且拥有自己的公司。由于他的专业,人们或许下意识地觉得这样的人一定很"呆"、很"横门"——苏州话的意思就是比较"一根筋"。

错了错了。他的生活完全颠覆了我们对科学家、企业家的固有印象。他曾就读于北京大学化学专业，当时的女友——现在已经是爱人——在中国政法大学念书，两个人的约会就将北京西郊的颐和园、圆明园走了个遍。后来，两人都到了美国，一个读书，一个教书，恩恩爱爱。

他叫陈敏华，浙江金华人，晶云药物科技股份有限公司的创始人和首席执行官，四十三岁。

陈敏华在美国毕业后，在全球著名制药公司默克工作了八年，在药物晶型方面积累了丰富经验，拥有数十项研究成果。谈及来到苏州的缘由，陈敏华说，他有个同学在苏州园区工作，当他想回国创业时，这个同学告诉他："你不用找其他地方了，苏州园区一定是你最想去的地方。"陈敏华半信半疑，他先在其他几个大城市走了一圈，可来到苏州后，就再也没有到其他地方去"选址"的念头了。

"怎么样？我能骗你吗？我自己的家都搬过来了，还会蒙你不成？"同学说。

陈敏华自己觉得，苏州园区比同学告诉他的还要理想，所以他不再犹豫。2010年8月，他正式回国。其实，7月他已经在苏州注册了公司。也就是说，当他看中苏州时，就已经有些迫不及待了。

陈敏华来到园区后，将他公司的"晶型药物研究"做得十分出色，这与他在美国学习和从事的专业有关。加上他的个人天赋和勤奋钻研的科学精神，"晶云药物"在苏州工业园区这块生物制药高地上迅速占有了一席之地。在他这个年纪就成功创立一家药业科技公司的人并不多,但让人更没有想到的是,这位制药才俊的爱人竟然在家悠然地写小说……

"她喜欢写,我就说,你写吧!写完后她给我看,我觉得写得很好看……"夫唱妻和,绝配。而这样的"海归"夫妇的生活状态,正是园区所期望的——他们事业在此,家园在此,甚至把心与情全都挥洒在此,这样的"田园生活"谁不羡慕?

令陈敏华很是自豪的事还有一件:他的公司里有一半以上是硕士,其中超过30%是"海归"——"他们像十多年前的我一样,除了自己回国创业,还把爱情也一起带到了园区……"

> 爱情是什么?
> 你问我爱情到底为何物
> 如果你我不曾经历
> 怎能倾诉
> 爱有多深如何叙
> 情有多深如何述
> 爱情就像无法走完的路
> 你在苏州停下
> 就是最好的归宿……

这原本是一首歌曲,后来被一位浪漫的"海归"改编成金鸡湖边的自由小调,于是它就成了园区专属的小曲。不过,年轻才俊们哼着改了词的小曲,似乎格外有针对性。

一句"你在苏州停下，就是最好的归宿"，让许多从海外归来创业的青年男女们手挽手地把爱情也安放在金鸡湖边，让它美不胜收地荡漾在徐徐和风中……

"我就是喜欢苏州，所以也好像真正找到了精神上的家园，这个家园或许就是我父母起的'田园'名字的最好注解。"田园现在不仅有自己的公司，更是园区一个医疗器材"联盟"的领头人之一，这也让她的工作多了一份"家"和"家长"的责任。

田园的公司"飞依诺"在园区一栋名曰"科技联盟"的大楼四层。我们采访时，提出去她的办公室看看，她直率地说："不好意思，我没有办公室。我们企业的文化是人人平等，我只有一个工位，任何人有需要的时候都可以直接到我身边拍拍肩膀直接交流。我就是公司这棵大树上的一片叶子！"田园是个乐观派，标准的北方人性格。

"飞依诺"是几位合伙人心血的共同结晶，他们有的从海外归来，有的在本土成长，他们选中的事业落脚地在苏州。于是，他们也成了苏州的"田"、苏州的"水"。

苏州天地恩赐的水土，滋润和养育了江南水乡的丰饶和美丽。创业团队来到金鸡湖畔，也给这片经济沃土增添了不一样的色彩。他们的"飞依诺"是做医疗器材的科技企业，专注于医用超声设备的研发和生产。在公司的宣传册上，他们有一句企业宣言：

银杏曾经经历劫难仅存于中国，如今已重新遍布世界。

傍晚金鸡湖

它以极高的药用价值世代呵护人类的健康，象征着生命的延绵不息。

"飞依诺"以银杏坚韧与沉着的精神，以领时代之先的姿态，守护关爱着每一个生命，享誉全球，百年永存。

看来，他们的确雄心勃勃，要把"飞依诺"打造成享誉世界的"百年老店"。而他们在苏州创业十余年的辉煌历程，也证明了他们正朝着上面设定的目标昂首奋进。

医疗器材虽然不如生物制药那么"热"，但它在中国一直是朝阳产业，预计到2023年其市场规模将突破万亿。据2020年官方公布的数据，仅广东一省就拥有医疗器材相关企业近30万家，山东和江苏的总数分别超过20万家。而全国及进口的医疗器材每年的销售总额也在几千亿元。近十年里，医疗器材销售一直处于强劲的上升态势。新冠疫情发生以来，中国医疗器材的销售涨幅达到了历史最高；2021年上半年，全球医疗器材的销售增幅又比2020年增幅更旺。目前，这一趋势仍然不减，专家估计仍将持续数年。

"可是在2010年前，也就是我们到苏州之前，市场的基本情况是，在国内，医疗器材像彩超这样用途已经非常普遍的设备，基本被美国GE、荷兰飞利浦等几家国外公司垄断，而且它们在全球的市场占有量也是惊人的，达70%以上。他们赚了全世界的钱，而从我们国家赚去的钱又是最多的。鉴于此，我们就有了一个想法：不能再让这种状况继续下去，因为彩超这样的医疗设备虽然也有一定的科技含量，但我们不是不可以攻克。"其实在外企工作的时候，最让田园无法接受的就是，你不是老板，本事再大，照样说"炒"就"炒"。"有一位德国专家，经验丰富，技术超一流，但因为2008年遇上全球金融风波，公司就无情地把他裁掉了。另一种情况是，国外许多先进、尖端的科技与专利，他们是不会卖给我们的，也不会真心帮助我们成功研发同类技术。这是我们选择回国创业，回国研发中国品牌的根本原因，我们要走出一条发展国产彩超的道路……怀着这样的目标和信念，我们毅然回到了祖国，选定了苏州。"

创业是艰难的。与其他创业者一样，创办公司的最初，资金遇到困难，创始团队把全部积蓄都"赌"上了。老家的父母心疼地对田园说："你们能不能开得上奔驰车我们管不了，但你们吃不上饭时，我们管你们吃顿饺子还是没问题的。"

这个时候，苏州园区也一次次上门帮助田园他们解决燃眉之急。

2012年，"飞依诺"研发出的第一台样机需要做临床试验。当时具备彩超器械实验资质的医院很少，田园去过几次相关医院，可人家一听就不耐烦地告诉她："我们都忙死了，哪有空给你们做什么试验！"一句话，就将田园他们"踢"到几里外。

"园区有关领导知道后，立即帮助我们召集了苏州所有三甲医院的院长，开了个协调会。所以后来我们的样机试验很快做成了。"田园无比开心。

"我们爱上苏州就是因为：在我们每一次遇到困难的时候，

苏州和园区就会上门来帮助我们；而当我们事业蒸蒸日上，市场销售兴旺的时候，他们也绝对不会来凑热闹，更不会来干扰我们……"田园说，这是她最欣赏苏州园区的一点，"那是一种管理的高素质。"

田园告诉我们，全国现在有两大医疗器材市场：珠三角的深圳市场和长三角的苏州市场。相比之下，苏州的医疗器材市场又是最大的。

"飞依诺"彩超研发平台是创业团队共同打造的具有国际水平的专业平台，自2010年成立以来，在苏州园区已经发明了230多项专利，其产品拥有100%的自主知识产权。"我们用了十年时间，在全球彩超领域正逐步将'中国品牌'的主导权夺回。目前，中国品牌的市场占有率已经超过20%，并且一直稳定发展，形势越来越喜人。"田园说。

"飞依诺"从成立到现在，已经拥有超过300位研究人员的研发团队，他们是来自全球的"飞鸟"，而其中绝大多数已经在金鸡湖边"垒"起自己的小暖巢，他们的孩子也在园区快乐地成长。

"飞依诺"如今已经成为中国医疗器材业的"排头兵"，正不断推出如"掌上彩超"等符合中国各界医用需要的产品；同时，公司的研究成果享誉全球，与世界级水平的同行平起平坐，在现代化医疗高端数据平台上享有市场与科研的双重荣誉。

"你是中共党员？"

"对呀，大二时就入的党组织……"

这不禁令人好奇：一个"海归"，又是私企老板，如何发挥自己的党员作用呢?

"首先是把自己公司内部的党组织工作建立起来,发挥好党员骨干的模范带头作用。其二,我现在是这栋楼的党组织负责人,工作意义就更大了。"原来田园的另一个重要身份,是她公司所在地"独墅湖医疗联盟"的党支部的发起人。

"这个联盟最早由三家公司发起,目的是让医疗器材公司之间不搞恶性竞争,要互帮互助。后来加盟的企业越来越多,组织建设和人员管理便成为一个重要问题,支部就承担了这个联盟的一份额外责任。"田园声明,组建联盟、参与联盟、负责联盟的党建工作,都是义务劳动,纯粹奉献,"联盟成员已经有50多个,所有加盟的企业都必须是中国本土企业,创始人具有共同的价值理念,大家就像一个大家庭一样。作为家庭成员,我们党员的义务就是为大家排忧解难,做好服务。"

"没有报酬,只有奉献,对生意人来说,不感觉吃亏吗?"问题有些尖锐,但田园听后灿烂一笑,说:"我已经把联盟看作一个大家庭,在一个温暖的家庭里做家务,你会感到吃亏吗?"

在苏州工业园区,像田园这样安居于此,同时在这片"田园"上耕耘并培植出茂盛"庄稼"的"海归",数以千计。正是他们那种"家"的感情,以及为"家"服务的奉献精神,让新苏州大地呈现出更加生机勃勃的温暖气象和更加醉人的景致……

都说苏州园区是片生长黄金的沃土。事实上,它在给苏州市、江苏省乃至国家创造丰厚和可贵的经济效益的同时,还使田园这样怀揣理想的"海归"在此垒起了自己生活和生命的"田园",

西交利物浦大学

更有一批辛勤的理想耕耘者在此栽植了一片片闪耀着时代风貌的理想之花。

夏日炎炎，蝉声满塘。垂柳西斜，瓜果飘香……这是三十多年前金鸡湖畔的田园之景，现在原居民还记得。在我们再次赴苏州采访时，却让我们在新的"田园"上听到另一恰似相同的"田园"之景、之情，实在惊喜——

夏日蝉鸣，荷叶悄悄爬满了五星池塘，2021届毕业生即将起航。同学们，我代表学校热烈祝贺你们！

疫情让毕业季变得意义非凡，经过新冠的洗礼，你们对不确定性有了刻骨铭心的体验，对全球化有了更深刻的理解，对适应复杂环境有了充分的准备。无论继续深造还是就业创业，相信你们会以在西浦孕育的国际视野、熏陶的素养、培养的能力、滋养的智慧，顺利融入跌宕起伏、风云多变的世界，探索和追随自己的理想，践行世界公民的担当。毕业典礼不仅是祝贺你们优异的学术成就，更是献礼你们眼界的开阔、心智的升级与人生的成长。毕业证标志着你们是经过武装的战士，学位服是你们智慧面对未来的华美战袍，我希望帽穗成为你们快速适应环境、驰骋星辰大海的闪耀勋章……

呵，原来是一场大学毕业典礼！致辞者是这个学校的校长，他叫席酉民。这是他和同事们一起创办的"西交利物浦大学"的又一届毕业生！

满头银丝的他，今天有些激动，因为这是个特殊的年份，全球仍在疫情的疯狂袭击下，他所在的这所中英合作的国际大学依然在金鸡湖边顺利地完成教学，举行庄严的毕业典礼，这当然可以归为他十五年来在这片育人的田园上辛苦浇灌出的又一丰硕成果，因为疫情下的孩子和老师们都不容易，尤其对一所国际化大学而言。

同学们：

你们即将起航，犹如小溪中的一条鱼，虽路途会蜿蜒曲折，却朝向远方，你们可以畅游涟漪，等江河奔涌，任凭波涛激荡；似天空中的一只鸟，虽会遭遇阴云密布，也会洒满阳光，你们可以起舞和风，待电闪雷鸣，注定振翅翱翔。

然而更强大的"德尔塔"掀起另一波疫情，让人类迟迟无法走出恐惧。理念和体系的冲突日益加剧，民族怨恨此起彼伏，世界依然阴云密布，似乎全球化走向至暗时刻，人们被世界范围的焦虑所笼罩。我们该怎么办？著名管理学家亨利·明兹伯格指出："我们所处的世界已经严重失衡并且我们需要根本的革新。人们必须行动起来。不是他们，是你和我，各自地而又一起行动。"

在这个即将分别的人生路口，为了更好地行动起来，我特别想送你们三句话，希望它陪伴并温暖你们的征途。

我希望你们，心中有一团理想的火。

想想一百年前的中国，积贫积弱、生灵涂炭。但在黑暗的时代，有一群年轻人，决心把自己当作火柴，不惜燃烧自己，来唤醒沉睡的国民，点亮民族前行的道路。他们并不知道黑夜何时会消散，富强可爱的中国什么时候会到来。但他们在最黑暗的时刻，做出了最勇敢的选择，带着心中的一团火，热血洒遍荆棘，为子孙后代换来幸福。

风云激荡百年，漫漫复兴征途。这份对初心的坚守，沉淀为中华民族最深沉的精神追求，也应当成为同学们未来漫长人生的力量源泉。不管是遇到事业的低谷、人生的失意抑或环境的限制，我都希望大家能拥有对理想的坚守，百折不挠的决心和跨越黑暗的信念。温斯顿·丘吉尔曾经典回应，"没有最终的成功，也没有致命的失败，最可贵的是继续前进的勇气。"

西浦十五年前被戏称为"一栋楼大学"，但我们有抓住全球重塑教育机遇、引领未来发展的理想，扬帆起航。一路走来，有风和日丽的拥抱，也有狂风暴雨的席卷。正是改变中国乃至世界高等教育的初心，让西浦人，用勇敢、谋略、智慧和坚韧，不断创新和持续突破，跨越沟沟坎坎，在复杂和不确定的世界中倔强成长。

亲爱的同学们，越是黑暗，越彰显你们的价值，用你们的勇气点亮一根蜡烛，用你们智慧的电闪刺破黑暗，用你们的梦想帮世界互联，用你们成功的事业助世界和谐！

我期待你们，眼里有一束智慧的光⋯⋯

大学其实就是一块育人的"田园"，在这样的田园里，校长就是耕耘这块土地最重要的主人。而在金鸡湖边这片美丽的洒着金光的"田园"里，席酉民无疑是一位让人尊敬和声誉极佳的主人。

出生于西安，又一直在黄土高原上生活与读书，后来成为中国著名学府西安交通大学副校长的席酉民，为何又来到了苏州，并成为金鸡湖边声名鹊起的人物？这得从他创办西交利物浦大学说起——

其实认识席酉民校长是在正式采访之前，那是在首届江苏发展大会上，我们彼此有种相见恨晚的感觉。席校长看起来年纪并不大，但他满头银丝非常吸引人，因为他不像有的人那样刻意，把白发染成抹了皮鞋油似的乌黑锃亮。席校长的银丝使他显得特别帅气，充满学者气质，他的脸庞红润且富有教育家的那种生动性，让人并不感觉他是位长者，倒更像一位装扮精致的俊男。

"我常被认为是个理想主义者，甚至在教授很受尊重的时代常被调侃为'你真像个教授'，言下之意是远离现实，异想天开。甚至有学界的朋友笑谈：'每次听酉民兄做报告，总觉得他是站在月亮上的。'其实这些对我的描述都不够准确，我自认为有理想，但不是理想主义者；我想改革现实，但不是堂吉诃德。我的理想有草根味……我自定义为一个理想主义践行者。

"我曾宣称：'你可以影响我实现梦想的程度，也可能改变我追梦的路径，但你无法改变我的追求。'

"我的终身伴侣是'更好'，与生俱来似乎有一种叛逆的精神，总是觉得现实有可以改进的地方。后来学了管理，'只有更好，没有最好'就成了我生活和工作的信条。"

他确实是个践行理想者，像一位田园诗人一样，永远在耕耘，但从不觉得乏味无趣，结出什么果子并不重要，重要的是那些果子都饱含着他的心血与探索，而且每年都收获不同于以往的果实。

席酉民属于这样的人。所以他才可能从西北名校独自跑到江南水乡苏州创办一所国际化大学。胆识是一回事，理想也是一回事，但恐怕少有席酉民这样真正为了理想而行动并押上所有前途与命运的人，而且是在近二十年前……

我们先看看他和同事们一起创办的金鸡湖边的"西交利物浦"是一所什么样的大学吧——

校园特别美，校址就选定在园区金鸡湖的姐妹湖——独墅湖畔，举目可见对岸鳞次栉比、拔地参天的苏州最美建筑群，而且这些美丽楼宇的倒影在湖水荡漾中成就了另一番仙境，让人浮想联翩。西交利物浦大学的校园更是独特，紫红色的墙面渲染了整个校园的主色调，很有西洋高校风格。由绿荫映衬着的紫红色建筑显得格外醒目，有洋学堂的味道。再走进校区，又是一番独特感受，这里有两栋需要仰望的高楼，造型奇异，有点像斜放了的魔方块。整个校园与中国普通高校很不一样：它有南北两个校区，有着中西方文化明显的差异性，又不失和谐的交融感。黑格尔、亚里士多德、柏拉图、苏格拉底和孔子、孟子、老子、庄子八座雕塑姿态各异、栩栩如生，他们聚在楼前似在谈笑风生、碰撞思想，孔子席地捧卷、柏拉图扬手豪言……东西方人物互不相同的神情姿态却保持着互相交流的眼神，又表达了两种文化内涵、教育理念的差异和共性。穿越一条斑斓的地下走廊，再仰望前后两座十分醒目和独特的建筑，会发现西交利物浦大学的与众不同和光彩夺目之处：它是正儿八经的中外合作创办的一所新型大学，身在此地，你会感受到一种别样的风情与氛围，它不是江南的稻香与杨柳飘逸，也不是小桥流水般的潺潺声动，更不是青瓦白墙上的鸟语莺啼，而是热浪与青春的田园、生命与知识的田园、希望与未来的田园……

营造这个"田园"的正是席酉民他们。

他是我国大陆第一个管理工程博士，1993年又成为国内第一位管理工程领域最年轻的博士生导师，是被国家授予"全国优秀留学回国人员""中国青年科学家"等光荣称号的人。在同年龄段的知识分子中，席酉民毫无疑问是出类拔萃者。他四十岁就担任西安交通大学副校长，领导了西安交通大学在苏州办学的事业，后又和当时的校领导形成西安交大和英国利物浦大学到苏州创办新型中外合作大学的战略构想。

好主意！

"Too wonderful for words!（妙不可言！）"

西安交大和英方皆表示赞同。

"那么谁去创办这所新型大学呢？"

"你呗！谁提出谁去呗！"同事们窃笑。

"Xi, you're the best!（席，你最合适！）"

就这样，年轻的西交大副校长带着借来的100万元办校经费来到江南创建了西安交大苏州研究院，随后选址金鸡湖畔的苏州工业园区，建设中外合作的新型大学——西交利物浦大学。"没有比这个地方更加合适办学的了！"席酉民说。

英方代表来到苏州金鸡湖边，说："选得好！世界上最美的地方之一，利物浦找到了一块好'countryside'（田园）！"

建大学并非易事，尤其是要建设一所国际性的著名大学。然而席酉民就喜欢"改造"点什么，包括他自己几十年来长期相伴的母校"西交大"的理念。他有这样的资格吗？他有这样的能力吗？

自然有，否则金鸡湖边就不会绽放丰收的田园景色。但这都不是最重要的，最重要的是，作为一块新田园的主人，他需要有自己的理想和为理想奋斗的智慧与精神。"我从事的教育工作是'一棵树摇动另一棵树，一朵云推动另一朵云'，而创办一所新的国际型大学，我们就该将一片荒地开辟成一片沃土，再让这一片沃土不断孕育出硕硕果实，而且是不断提高质量、改变品种的新果实。"席酉民说。人们称老师是育人的园丁，席酉民更喜欢别人称他为国际教育领域的"拓荒者"。

他真是一个充满智慧和激情的拓荒者。

2003年，我国颁布了《中华人民共和国中外合作办学条例》。2004年，英国利物浦大学就和西安交通大学及苏州三方达成共识：在金鸡湖边建一所全新的"西交利物浦大学"。之后仅用了两年时间，就在2006年校区初步有了一点模样，建成第一栋大楼时，席酉民坚持要招生。许多同行包括英方，觉得这是不可能的事。但席酉民坚持要招，结果这一年就招了163名学生——别小看了这个数字，它可是意味着一所中英合办的大学正式诞生并迈开壮丽的步伐。

田园上已经长出庄稼，禾苗开始探出地面，但能否有所收获及达到期望的景象，还有待岁月的检验。谁可以真正让这片美丽的田园呈现丰收的秋色？许多人犹豫和退缩了，但他坚守了，并且从往日的"创办者之一"，变成了"第一责任人"的校长角色。

2008年，他全职接下了这个担子。

锄如何下？肥又如何撒？他是田园的真正主人了，一切需要他决定。

他的决定和决策依据来自何方？因为中国没有这样的先例，外国合作办校的经验拿到中国往往"水土不服"。所以他必须独立思考，大胆探求。

先人没有踩过的地方想寻找一条路径，自然要靠脚踏实地，一步一个脚印，但埋头走路的结果是方向迷失。

只有昂首仰望，才能寻找方向。仰望天空成了席酉民的一种习惯——在金鸡湖边的仰望特别惬意，因为这里宁静，干净的宁静。因为这是苏州，有其他地方所不具备的干净的宁静。席酉民喜欢甚至迷恋这块"田园"。

席酉民说："仰望星空，实际上是我们有意在给自己创造'孤独'，当沉浸在自己与自己对话的孤独之中，心底的坦荡和高尚会感动我们自己。"

离开熟悉的黄土高原和家人、同事，独自来到江南的苏州，

西交利物浦大学

　　这本身就是一种孤独，是一段寻找星空的孤独之旅。然而，他还必须肩负重任地开拓，力量何在？依靠什么？

　　席酉民不是没有痛苦与挑战。但那是想逆俗的孤独者的痛苦，是理想者追索途中的挑战。他很快明确了方向，开启了创业的快乐。

　　于是，湖边上，人们开始经常看到一个身影，一个理想追求者的身影……"每当我一个人运动或漫步于湖边的时候,我的思维会跨越时空国界,任意飞翔,慢慢地我成了一个脚踏着大地、畅翔在理想之中的人!"

他开始像江南种地的老乡:将智慧戴在头顶上,顶着烈日,播撒种子,耕耘春泥,夏拂晨露,秋日挥镰,冬至垒谷……

于是曾经一片荒芜的田园上,泛积起连天的金穗,丰收也成了必然。

"因为是中英合作办学,我遵循的就是中西方对话原则,根据未来发展趋势和需要,从对话中寻找共同与共融……"席酉民的这个理念,不仅浸透于办学过程,而且几乎在校园的所有角落、所有元素里,都能发现这种对话的存在。校区建筑、校园走道、校内环境、校室布置,甚至师生的构成、尖子的选拔,等等。

"我们是以理、工、管为主的学校,但我们的'理工男'中有音乐家,而且成为世界音乐大奖的获奖选手;我们的'理工女'中有人参加世界选美大赛,得过第二名……"

"不要期待别人永远喜欢你,但要让不喜欢你的人仍舍不得离开你。"

西交利物浦大学的融合式教育,像一颗硕实的种子,在苏州这片沃土上生根发芽开花并结成硕果,让席酉民的理想成为现实。学校也从十多年前的一栋楼,到如今已拥有2个校区、17个学院,开设了从本科到博士共104个专业,2万余名来自世界各地的师生在这里学习与工作,在各种主流全球大学排行榜上位居国内大学前列。这是何等的创举和壮举!

如今，走进世界名校，令席酉民感动的是，经常会有学生走上前来喊"席校长"和邀请合影。2017年，席酉民受邀前往牛津大学参加教育国际论坛。在论坛现场，许多牛津大学的学生簇拥到他的身边，畅谈他们的学习与成长，其中不乏担任牛津学生会副主席、中国学者联合会主席等职务者。是的，这些学生都是从金鸡湖畔走出来的西交利物浦大学的毕业生。

那一天，席酉民当着世界各国的著名大学校长们的面，异常骄傲地说："作为一名大学校长，我最感幸福的时刻，就是走在世界名校的校园里，被昔日的学生认出来，叫我一声'席校长'……"

听着同学们的喊叫声，似乎是有人在说——

"丰收啦！"

"丰收啦！"

难道不是吗？金鸡湖边的田园真的又迎来了一个丰收的好年份。我们知道，席酉民校长他们所创办的西交利物浦大学已经培养了许多学子，他们从金鸡湖畔走向世界，又从世界各地回到了金鸡湖畔，汇成一支建设和繁荣苏州工业园区经济建设的生力军。

而像席酉民这样的校长和西交利物浦这样的大学，在园区还有很多，他们和他们培养的学子们，就像金鸡湖上的一群鸥鸟，春回冬去，来来往往，而金鸡湖则永远是他们的"巢"，是那搬不走的金巢。

这金巢就是这片美丽的田园，它是育人的田园；而人，也在这片田园中成长与成熟……

15　湖上芭蕾

说苏州园区的美，一定首先会说到金鸡湖，因为金鸡湖是苏州园区的"眼睛"，它本来就是这位"天堂仙子"那双扑闪扑闪的大眼睛，而这流情溢爱的大眼睛又让多少人如痴如醉。

如果站在金鸡湖畔，你驻足静观湖面，会同时发现这里有着万千妩媚的世界和星光斑斓的天空……

恬静的天气下，金鸡湖的水面似平镜一般，将头顶的蓝天白云"复印"得宛若真实；微风轻拂，她荡漾着悠扬旋律般的波纹，仿佛将莎士比亚最柔情的诗篇藏在其中而缓缓地向相知的有情人倾诉与吟诵……

风浪来后的湖面，像独坐岸石的吴王之女琼姬，含怨与啼哭都会让人产生怜悯。当然，在更多的时候，你会感觉水浪是在演奏一首磅礴的交响曲——柴可夫斯基！又或者是舞剧《西施》中的那种气势和激情——琼姬挣脱父王的怀抱，跑至湖边，一改温存，唯有豪情，坚定地纵身一跃。曾经，这片湖水孕育和见证了怎样的女性啊——金鸡湖，这是属于琼姬的千古传奇……

呵，金鸡湖之美，可以用百篇与百态为之描述。然而我们惊喜地发现：湖再美，水再浪，也无法与在湖上拍浪者的姿态媲美，她也无法与湖上歌者的声音比调。于是我们在想：所有园区成立以来的每一位在此洒下汗水的奋斗者,如果他们有机会一起来到金鸡湖上,扬起他们的双手,伸展开双臂,迎风舞起来,该是怎样的一幅景象呢?

呵,那一定是世界上最美、最壮观的一台舞蹈……

其实,在现实生活中,以园区和苏州为舞台,演绎优美和精彩人生剧的大有人在。他们中有科学家,有实业家,有业主与老板,也有学者与专家、教授与学生……

他们以各自擅长的舞姿,展现着别样的美与旋律,而这正是苏州园区真正的韵味与魅力所在。

在这独特和庞大的舞台上,我们自然领略了一批不同于科学家、企业家们的艺术家的舞姿与歌喉,他们让金鸡湖面上多了许多波涌与光泽、溢彩与激滟……苏州园区和金鸡湖的魅力也在于此,它有别处无法比拟的独特优势,只有你轻轻地亲近它时才会感觉和体会到。

像许多去过金鸡湖的人一样,当你迎着金鸡湖那荡漾的微波轻轻呼吸一口清新的空气,自然而然地转身再去眺望园区那片生机大地时,那一刻,许多人骋目流眄后的视线会停留在那座如明珠般的巨型艺术宫殿,顷刻间会在风中听到从里面传出的悠扬音乐与优美歌声,是谁在唱,是谁在舞?

这一天,我们走进了文化艺术中心大剧院,观看了苏州芭蕾舞团全新制作的芭蕾舞剧《天鹅湖》,见到了白天鹅的扮演者,也是舞剧《西施》中吴王之女琼姬的扮演者闵雪晴。这位职业芭蕾舞演员在2012年本科毕业后加入苏州芭蕾舞团,之后赴英攻

苏州芭蕾舞团演出

读现代编舞研究生硕士学位，2016年毕业后，她选择再次回归苏州芭蕾舞团。而在那一天，她终于蜕变成为"金鸡湖上的天鹅"。

当我们步入后台，就见到了站在幕后的艺术总监李莹和潘家斌夫妇，他们被称为苏州芭蕾舞台团的"灵魂人物"。

出生于上海的李莹，因从一位身为芭蕾舞演员的亲戚那里得到了一双足尖鞋而初露芳华。父亲带着她报考了北京舞蹈学校。那个时候，在陶然亭公园里，北京当地人经常能看到一群亭亭玉立的女孩子在练舞，她们不用老师监督，每天早起晚睡，练得天昏地暗……李莹就是其中一个。十多岁的少女，本不该是受苦的年岁，但为了芭蕾，为了成为"天鹅"，她必须跳、必须练。甚至连父亲出差去看她，问她一声"累不累"时，她也会撒谎，说她很开心，也不累。要想成为一名专业芭蕾舞演员，必须有超常的先天条件，而且能够忍耐来自身体每一个部位的疼痛，把自己的筋骨与身体上的每一块肌肉按照芭蕾的要求锤炼。"一直到有一天，你可以放下一切来自心理和身体的负担，站在舞台上，成就自己。"李莹说。

中国当代的芭蕾舞演员，估计还没有一个人不为俄罗斯的《天鹅湖》吸引与折服，而对主演这部剧的两位明星演员玛卡洛娃和巴瑞辛尼科夫也同样无不崇拜。在李莹心目中，玛卡洛娃就是最完美的白天鹅。

20世纪80年代，当国门开启，李莹先后在几个重大的国际比赛中夺冠、获奖。可以说，在艺术的道路上，她正冲向高峰。与此同时，在艺术事业的行进中，她还收获了爱情。她的爱人潘家斌是苏州人，两人从同学到舞伴，最后成为生活中的情侣与爱人，这是人生的完美演绎。

"芭蕾演员不可能一生在舞台上跳，但她（他）可以把艺术永远地留在舞台上……"有了孩子之后，李莹与爱人潘家斌需要对钟爱的舞台进行重新规划与定义。

2007年国庆节，在金鸡湖上，一座占地面积15万平方米、外形犹如一颗巨硕珍珠的艺术建筑——苏州文化艺术中心，流光溢彩地呈现在苏州人民的面前，成为苏州园区、苏州市区乃至整个长三角地区集聚建筑美学与艺术气息为一体的现代化艺术场所。它的闪耀登场惊艳了全世界，从此也给名城苏州镶嵌了一颗光彩

四射的珍珠。

太漂亮了！这就是我想要的舞台，国际一流水准的舞台！

就这样，这对刚在不久前告别舞台生涯的"天鹅"和"王子"决定回到苏州，在金鸡湖边开始了他们新的事业和新的生活，作为芭蕾导师协助刚落成的文化艺术中心组建一个舞团。

园区是个经济实体，有自己的管理方式。但事实上，管理者和他们对于如何在企业的机制下运作一个芭蕾舞团，都没有任何经验。从一开始，一切皆在探索中前行。

人生不会总一帆风顺，他们遇上了比从小练习芭蕾更难的事，甚至遭遇了不小的挫折。面对着不满周岁却几乎要解散的舞团，当时的文化艺术中心领导给出了诚意："如果你们能带领这个舞团，我们一定全力支持！"于是，他们带着21个演员留了下来，成为舞团的艺术总监。

一个全新的舞团，必须有自己的代表剧目！随他们留下的，几乎都是刚毕业没有什么舞台经验的青年演员，为了舞团的生存，演员的薪资也几乎减半，如何留住他们？没有一个现成的经典剧目可以用21个人来完成，所以，他们必须用自己的方式重新编排经典，让演员有舞跳，让大家心甘情愿地留下来。

当时文化艺术中心的负责人建议，编排一个大众耳熟能详的经典故事——莎士比亚的《罗密欧与朱丽叶》。但是，经费只有50万元。

李莹完全理解企业运营的难处，现在，唯有靠自己和大家一起努力——人只有21个，但演出的剧目必须是高标准的，他们要用自己的方式重新演绎这部世界经典。《罗密欧与朱丽叶》就这么排演起来……因为演员实在不够，当时正好有机会与台湾高雄交响乐团合作首演，于是他们决定把莎翁的故事移植到中国，不需要原著中的灵魂人物神父劳伦斯了。

2010年，中国苏芭（苏州芭蕾舞团）版的《罗密欧与朱丽叶》搬上了台湾高雄和苏州金鸡湖畔的漂亮舞台，具有江南简约写意气质的全新版《罗密欧与朱丽叶》，让观众和园区领导耳目一新。落幕那一瞬间，剧场内爆发出雷鸣般的热烈掌声。李莹和潘家斌赶到后台，与演员和同事们相拥共勉，泪水在大家的眼眶中闪耀。这是苏州芭蕾舞团值得被永远记住的一刻，遗憾的是，当时没有任何影像记录，却深深地印在每一位参与者的脑海中。

在给予舞团充分的肯定之后，领导拍板：以后每年支持舞团400万元做自己的原创作品！然而，要经营一个正规的专业舞团，这些资金仍是不够的，必须"两条腿"走路——除了每日驻场演出，还要坚持创编新剧，留住人才。

当艺术开始的时候，必须要按艺术规律去走，舞台上的艺术也一样，内容和形式都需要服从艺术规律。然而现实中真正开始的时候，钱，仍然制约着艺术。怎么办？

"用创意的方式，在编舞上用精简的人员，在设计上用简约的形式，也许可以将人员和资金不足的无奈，转化为自身的特色和优势！"——"小舞团、大舞剧"的建团理念逐步形成了。

2012年的某一天上午，在刚刚进行过一次管理层的创作头脑风暴后，大家仍然在为舞团五周年的新剧题材绞尽脑汁。"《西施》怎么样？"接到领导电话后，李莹马上想听潘家斌的意见。"吴越战争，家仇国恨，可以做！"李莹和潘家斌当即决定，要用西方的芭蕾和音乐来全新演绎这部纱与剑、血与火、爱与仇的旷世绝唱。

没有想到的是，身边的金鸡湖竟然蕴藏着吴王女儿琼姬的传说，"金鸡"正是因琼姬而得名！于是，他们决定把琼姬作为舞剧中的另一个女性角色，与西施交相辉映。在音乐上，他们大胆采用了国外著名作曲家的经典音乐，如德彪西、拉威尔、李斯特，以及柴可夫斯基的第四、第五交响曲，使得整部舞剧充满了戏剧张力的回响。舞剧终曲，西施与老柴（柴可夫斯基）那悲怆的跨

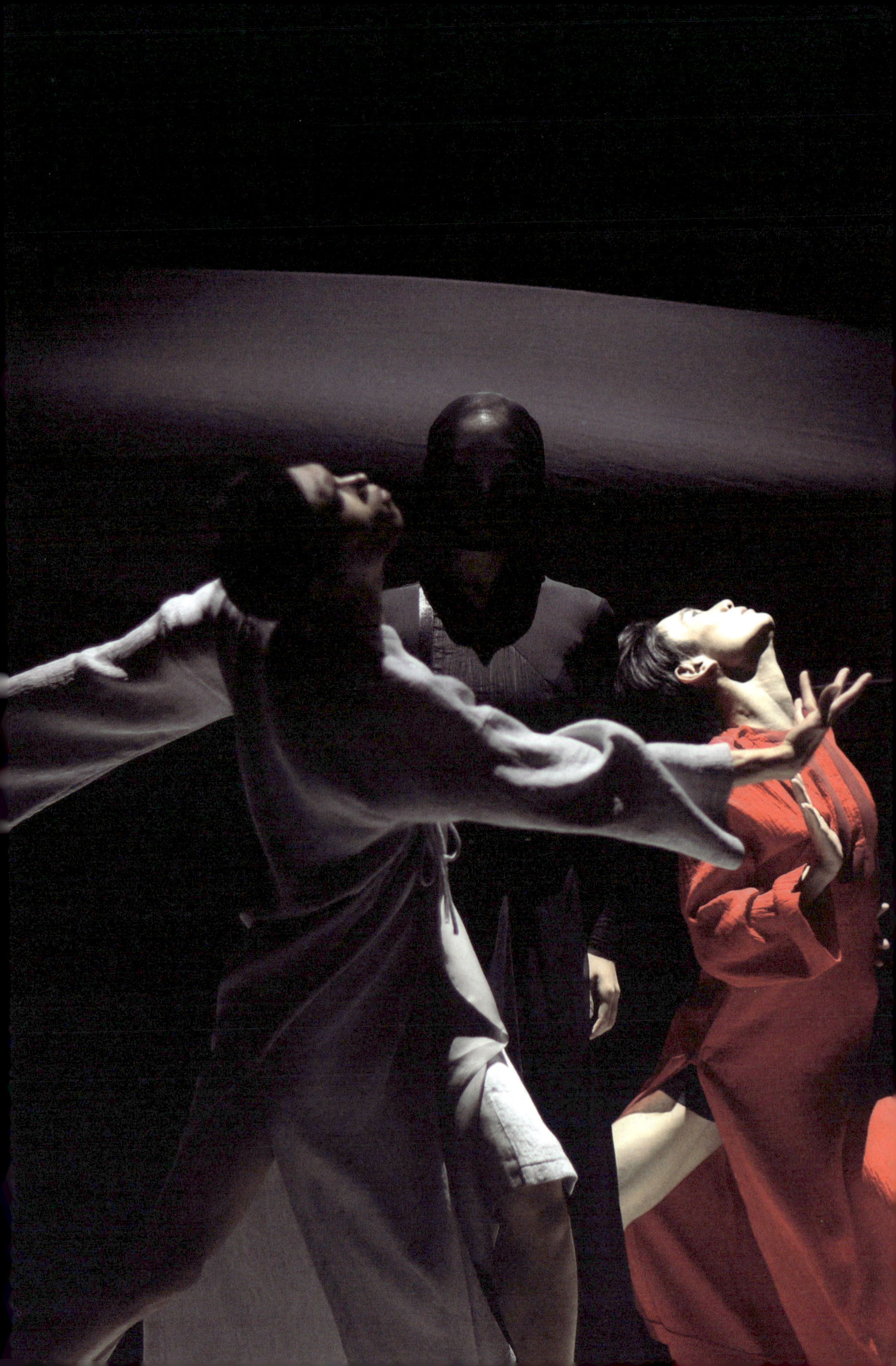

国界、跨时空的碰撞，将舞剧推向新的高潮。此外，莲花灯、团扇、红绸等传统民族元素与西方芭蕾、音乐的交相融合，也把江南水乡、吴地文化中那种秀气、灵动的风韵，淋漓尽致地展现了出来。

在文化艺术中心的首演舞台上，《西施》以其独特的创作理念、出乎寻常的东西方文化融合手法，演绎了中国古代第一美女西施的传奇故事。2014年，佳音传来，《西施》获批入选首届国家艺术基金的大型舞剧资助项目。作为江苏省唯一获得资助的舞剧，《西施》也让大家知道了，在江苏苏州有一个芭蕾舞团！

回忆往事，历历在目。从一无所有到小打小闹，再到被认可，最后登上世界舞台，这中间到底走过了多少难与险，李莹说，她自己也记不清了。"只记得我们从2010年开始，就在不断地排演一个又一个剧目，而且都是中外名剧，《西施》《卡门》《胡桃夹子》《唐寅》《天鹅湖》……"李莹报了长长的一串剧目名称，听起来就是一个大剧团的经典节目单。

李莹一再邀请我们观摩她的《西施》《唐寅》等剧目，她说，这是她和先生潘家斌两个人真正意义上的原创作品，在世界上独一无二，因为这些剧目的编排和艺术感觉，都灌注了他俩对苏州历史文化的理解。虽然，我们还没有机会现场欣赏这些作品，但我们绝对相信，它们一定是最令人陶醉的艺术作品，李莹带着这些作品在全国和世界巡演时获得的观众反响，足以证明这一点。

"从2015年到2019年，我们带着6个剧目，到了14个国家演出，而且都引起了不小的轰动。"李莹介绍。是的，她作为艺术总监带领苏州芭蕾舞团，成功实现了一种"小而精美、小而丰富、小而高水准"的具有苏州特色的艺术品质。

那一天我们从文化艺术中心出来,在金鸡湖边准备上车离开的时候,情不自禁地回眸了一眼身后这座美丽壮观的艺术宫殿,不由得从心头"蹦"出一句话,想送给李莹和她的丈夫:你们是湖上最美的芭蕾!

就在此时,突然听到这座艺术宫殿里响起一阵又一阵高亢而激越的交响曲……那旋律令人激荡、叫人豪迈,又催人奋进!

怎么,苏州园区还有交响乐团不成?我们不敢相信。

接我们的司机说:有啊,与芭蕾舞团一样名气大的呢!

真有交响乐团呵!我的苏州。

真的很牛,苏州园区。

后来我们也采访了交响乐团,了解到这个团共有80多人,成立于2016年,团员中多数是国内外专业名校毕业的,且有相当一部分是海外学艺回国的艺术人才。整个交响乐团中,外籍艺术家占了近一半,这在中国艺术团中是独一无二的。

那天我们正好见到英籍乐手爱玛和她的男友丹,便好奇地问他们为什么愿意来到苏州交响乐团工作。爱玛说,2016年苏州在全球招聘交响乐手时,他们便报了名。她和丹之前都没有来过苏州,"可到了这儿一看,哇,苏州太美了!太现代化和摩登了!我们就留了下来……"

"喜欢这里的工作吗?"

"喜欢。十分地喜欢。"

"待遇还行吗?"

"行,并不比我们在英国差,因为全世界真正从事艺术职业的真实待遇不是人们想象得那么高,苏州给团员们的待遇我们很满足……"爱玛的目光告诉我们,她说的是实话。

交响乐团副团长周颖女士告诉我们:新冠疫情期间,像爱玛和丹这样的外籍乐手有的休假回来时遇到了困难,团里通过一切手段帮助他们,对那些困于疫情的团员给予各种关怀,所以很多外籍团员得以通过各种途径回到苏州。"遇上疫情,我们更加感受到苏州才是真正安全和温暖的家……"团员们这样说。

"在苏州,你们认为最美的是哪里?"最后我们提了一个问题。

爱玛和丹对视了一下,不约而同地回答说:"湖,金鸡湖……"

"为什么？"

两人又对视了一下，爱玛说："因为这里有我们的事业，有我们的家……"说着，她伸出右臂，搂住了丹。

丹笑了，用英语说："Yes, here is our home!"（是的，这里是我们的家！）

有人告诉我们，白天，苏州园区最美的风景是金鸡湖以及相连的独墅湖。水，一直是老苏州也是新苏州最美的景——水孕"天堂"，自古风流旖旎。而在今晚，伫立于金鸡湖畔的文化艺术中心在霓虹灯光映射下，这座艺术宫殿如梦如幻，令人迷失其中！

其实，当我们掠过金鸡湖之水、观光艺术宫殿的舞台、聆听它的旋律之后，才发现这里最美的其实是那些把心贴于湖面的舞者与歌者，他们用自己的才情演绎着新苏州的另一番诗与画、歌与舞，使金鸡湖不再是那么单纯的水色天光，而是多了诸多风情与情愫。

艺术属于精神。芭蕾明目迷神。

金鸡湖自有芭蕾之后，"金鸡"之鸣也变得格外脆亮。

金鸡湖自有交响乐团之后，这里竟然也有了另一个爱称：小联合国。

80余名乐手，来自数十个国家——2019年春，"苏交"（苏州交响乐团的简称）真的到了联合国演奏，轰动国际舞台。

"你们——来自中国苏州？中国苏州的园区？"

"是的，我们来自苏州，苏州的园区。"

"那个金色的SIP，那个让世界各地的'飞鸟'们都去停泊的金巢？"

"Yes!" "Yes!"

联合国官员与中国苏州工业园区艺术家、音乐家的对话，是那个浪漫之夜的高潮……

如今，湖上芭蕾，又已舞起。

苏州园区，再现"万鸟归巢"之势。

金鸡湖上，一片金光闪耀……

苏州交响乐团演出

金鸡湖